LE RÉVEIL

Économiste de formation, Laurent Gounelle s'est ensuite pris de passion pour la psychologie et la philosophie. Ses romans sont tous des best-sellers.

Paru au Livre de Poche :

ET TU TROUVERAS LE TRÉSOR QUI DORT EN TOI

INTUITIO

JE TE PROMETS LA LIBERTÉ

LAURENT GOUNELLE

Le Réveil

ROMAN

CALMANN-LÉVY

ISBN : 978-2-253-24340-3 – 1re publication LGF

À nos enfants,
en souhaitant qu'ils vivent libres

La population en général ne sait pas ce qui est en train de se passer. Et elle ne sait même pas qu'elle ne le sait pas.

Noam Chomsky

Quelques mots sur ce livre…

J'ai trouvé mon inspiration pour écrire l'histoire que vous allez lire en observant de près la situation que nous avons vécue quand le Covid-19 s'est répandu sur Terre.

Ce roman met en scène mes clés de décodage d'un certain nombre d'événements qui, selon moi, sont tout sauf anodins.

Afin de lever toute ambiguïté, je tiens à préciser d'entrée de jeu qu'il ne vise pas les vaccins anti-Covid. Je ne suis pas médecin, encore moins épidémiologiste, et n'ai donc aucune compétence pour émettre une opinion sur ces médicaments. Ce n'est tout simplement pas le sujet du livre.

J'ai concentré mes analyses sur… tout le reste.

Enfin, toutes les références historiques sont véridiques, ainsi que les théories économiques et études psychosociologiques mentionnées. Vous trouverez mes sources à la fin du livre.

Laurent Gounelle

1

Tout commença le jour où un célèbre médecin, scientifique de renom et personnalité prisée des médias, déclara, preuves à l'appui, que toute mort avant 120 ans était une mort prématurée.

C'était un matin d'automne, et dans les allées venteuses des parcs de la ville, les feuilles des arbres mouraient par millions, voletant désespérément quelques instants avant de s'échouer à terre où d'inconscients promeneurs les fouleraient sans le moindre respect.

L'information se propagea comme une onde de choc dans la population. Elle suscita d'abord un grand espoir, chacun se prenant à rêver de pouvoir jouir d'une existence ainsi prolongée. La vie appelle la vie, elle est irrésistible, et en nous réside toujours le désir plus ou moins conscient de l'immortalité.

Puis, assez vite, chacun dut se rendre à l'évidence : même si nos gènes nous offraient cette longévité potentielle, les accidents de parcours et la maladie se chargeaient de nous la confisquer, et l'espérance de vie réellement constatée dans le pays ne dépassait guère les 80 ans ; un peu plus pour les femmes, un peu moins pour les hommes.

Il en resta alors le goût amer de l'impuissance ainsi qu'un profond sentiment d'injustice : chacun se demandait pourquoi on le privait de près de quarante ans d'existence supplémentaires... Petit à petit, on commença à percevoir une telle longévité comme un droit, comme un dû.

Le gouvernement s'empara de la question. Le Président prit la parole à la télévision et déclara qu'il allait s'attaquer de front au problème. Il créait ce jour un Conseil de défense réunissant le Président, le Premier ministre, le ministre de la Santé, le ministre de la Défense, le ministre de l'Intérieur, ainsi que des acteurs des grandes institutions publiques du domaine de la santé. Le Conseil de défense se réunirait aussi souvent que nécessaire, sans doute chaque semaine, afin d'étudier la conjoncture et de prendre les décisions et les mesures qui s'imposeraient pour faire face à cette situation insupportable.

Très vite, les journalistes essayèrent de savoir ce qui se disait lors de ces réunions, comme ils en avaient l'habitude chaque semaine à l'issue du Conseil des ministres : chacun avait ses entrées auprès de tel ou tel ministre qui, *off record*, se faisait toujours un plaisir de laisser fuiter quelques informations afin de s'attirer les bonnes grâces du journaliste qui saurait lui renvoyer l'ascenseur le jour venu.

Mais là, les journalistes amassés à la porte du Palais restèrent sur leur faim : les membres du Conseil sortirent un à un, l'air grave, la tête droite, le regard comme rivé sur un point fixe au loin, et ils demeurèrent parfaitement silencieux, totalement muets. Du jamais vu. Impossible d'obtenir la moindre confidence, la moindre miette d'information. Rien. Pourquoi ? Parce que c'était un Conseil de défense, comme l'avait décidé le Président, et que chaque membre était dès lors tenu au secret le plus absolu. La moindre fuite lui coûterait sept ans d'emprisonnement.

Mais pourquoi un Conseil de défense sur un tel sujet ? se demanda alors un journaliste. La réponse lui vint quand il se remémora l'allocution télévisée du chef de l'État.

Le pays est en guerre, avait déclaré le Président.

En guerre contre la Mort.

2

Mener une guerre n'est pas une mince affaire, et le Président s'arrogea les services d'un cabinet de conseil américain, pour près d'un million d'euros par mois.

Certains s'interrogèrent : n'y a-t-il pas de consultants compétents dans le pays pour qu'il faille choisir des étrangers ? D'autres firent remarquer que c'était le cabinet qui avait conseillé le Président dans sa campagne électorale, sans facturer d'honoraires. N'était-ce pas le moyen de régler sa dette avec l'argent du contribuable ?

Mais je me refusai à prêter attention à ces médisances. On ne peut pas empêcher les mauvaises langues de s'exprimer, mais on peut renoncer à les écouter.

Je me souviens de la première annonce du Président, que j'avais regardée en différé. Ma position de jeune ingénieur me conduisait à rentrer assez tard chaque soir, et mon plaisir était alors de m'affaler sur mon canapé ultra-moelleux avec un plateau-repas et de regarder la télé sur mon écran géant. J'oubliais tout et me laissais absorber par les images d'une chaîne d'infos en continu m'offrant des nouvelles de ce qui s'était passé dans le monde pendant la journée.

Le Président annonça que la première bataille viserait la plus injuste des morts : celle qui survient sans prévenir lors des accidents de la route. Tout ça parce que vous avez, pendant une fraction de seconde, manqué de vigilance, commis une petite erreur ou, pire encore, subi celles des autres. Plus de trois mille morts et soixante-dix mille blessés chaque année. Une catastrophe nationale, qui touchait aussi tous les pays : des centaines de milliers de morts dans le monde et des blessés par millions. Un carnage planétaire. Il fallait agir. De toute urgence.

Les journaux télévisés commencèrent à diffuser des reportages terrifiants. On vit des pompiers découper la tôle de voitures renversées et déformées par les chocs pour en sortir des blessés agonisants. On regarda des urgentistes se précipiter pour tenter de ramener à la vie des personnes inanimées au visage tout ecchymosé. On écouta des victimes raconter l'horreur qu'elles avaient subie, comment elles avaient été meurtries dans leur chair, parfois anéanties. Des personnes racontaient la terreur vécue dans l'accident dont elles étaient sorties miraculeusement vivantes. Chaque jour apportait son flot de nouveaux reportages, de nouveaux témoignages.

Les médias se mirent à annoncer chaque jour le nombre de morts de la veille, le nombre de blessés admis à l'hôpital, le nombre de mourants en réanimation. On ne pouvait pas allumer la radio ou la télévision ni ouvrir un journal sans être happé par cette information brutale, glaçante, implacable. Incessante.

À chaque annonce, j'avais le sentiment que la mort se rapprochait un peu plus de moi, me guettait, me cernait, me menaçait dans ma chair.

Je me mis à voir ma voiture différemment. Moi qui l'avais aimée pour sa ligne et son confort, moi qui l'avais toujours vue comme un instrument de liberté, j'appris à m'en méfier, à rester sur mes gardes, avec en permanence à l'esprit l'idée qu'elle pouvait causer ma perte. Petit à petit, je me mis à en avoir peur. Un matin, alors que je descendais dans le parking souterrain de mon immeuble, à l'atmosphère renfermée et au silence inquiétant, j'aperçus ma Peugeot tapie dans la pénombre comme un ennemi en embuscade. Le métal sculpté du blason de la marque brillait légèrement : le lion rugissant semblait prêt à attaquer. Sur la place d'à côté, la BMW de mon voisin, calandre en mâchoire de requin, paraissait sur le point de me dévorer. Un peu plus loin, le logo d'une Jaguar me fixa de ses yeux pénétrants, gueule ouverte sur d'horribles crocs menaçants. Jamais je n'avais réalisé ce qui me sautait maintenant aux yeux comme une évidence : les voitures avaient la mort dans leur ADN.

Ce jour-là, je laissai la mienne au garage et optai pour le métro. Sur le trottoir menant à la station, je marchai en jetant un œil à la circulation. La plupart des automobilistes téléphonaient en conduisant, quelques-uns avaient même leur portable en main. Un seul coup de volant, un seul petit écart leur suffirait pour me faucher. Ma vie était entre leurs mains. Instinctivement, je me décalai pour m'éloigner un peu de la chaussée.

Mon entreprise était basée en grande banlieue, tellement loin d'une station de métro ou de bus que je mis près de deux heures à rejoindre mon bureau. Le lendemain, je dus me résoudre à reprendre mon véhicule.

Au fil des jours puis des semaines, de reportages en interviews et de statistiques en témoignages, je devins quasiment phobique de la voiture. Au volant, j'étais en permanence tendu, stressé, sur mes gardes.

J'échangeais régulièrement des e-mails et des coups de fil avec mon ami Christos Anastopoulos, un Grec que j'avais connu du temps où j'étais étudiant en prépa scientifique. Lui commençait alors un cycle de philosophie. Un comble pour un Grec de se former à la philo à l'étranger ! Il faut dire qu'il était en fait binational, et parfaitement bilingue. Par la suite, il bifurqua vers des études de linguistique et de psychosociologie. Tout cela était situé à des années-lumière de mes centres d'intérêt de futur ingénieur, mais le hasard de la colocation nous avait mis en relation. Il avait terminé ses études aux États-Unis puis était rentré en Grèce, mais nous étions toujours restés amis, malgré l'éloignement géographique.

Il regardait régulièrement la télévision de notre pays, une façon pour lui de garder un lien avec sa deuxième patrie.

— Faire la guerre à la Mort ? s'étonna-t-il un jour au téléphone. Cela ne revient-il pas à sacrifier la vie ?

Je ne compris pas sa remarque mais ne répondis rien, n'ayant pas envie d'ouvrir un débat philosophique ; avec lui, ça pouvait durer des heures. Alors il enchaîna sur tous ces reportages sur l'insécurité routière qui se succédaient en boucle à la télévision. Lui trouvait ça louche.

— Quand une information qui induit une peur en toi est répétée à longueur de journée dans les médias, ça doit être un signal pour te dire que quelque chose se trame et que c'est certainement à tes dépens. La meilleure chose à faire est alors de prendre du recul et de te demander ce que ta peur peut apporter au pouvoir en place.

— Pourquoi tu dis ça ?

Il soupira.

— Ça pue la manipulation des foules.

— Ici, les médias sont indépendants, rétorquai-je.

Je l'entendis ricaner au bout du fil.

— Qu'est-ce qui te fait rire ? dis-je, agacé.

— Que tu es naïf mon cher Tom ! La plupart des grands médias de ton pays sont entre les mains de neuf ou dix milliardaires, tous en lien avec le pouvoir. Et la presse reçoit chaque année des dizaines de millions d'euros de subventions… du gouvernement. Comment peux-tu croire une seule seconde qu'ils sont indépendants ?

Je me sentis vexé par son ironie et coupai court à la conversation. J'avais déjà suffisamment entendu de théories du complot dans mon entourage, j'en avais ma dose. De toute façon, on ne peut pas faire mentir les chiffres : l'hécatombe sur les routes était un fait indiscutable. Chacun de nous était sur la sellette, et j'étais reconnaissant envers le gouvernement de prendre le problème à bras-le-corps. Peu importait la connivence supposée des médias.

L'essentiel n'est-il pas de vivre le plus longtemps possible ?

3

Christos raccrocha et regarda pensivement par la fenêtre ouverte de son appartement du quartier Monastiràki, à Athènes, au pied de l'Acropole, sous le Parthénon. Un petit appartement au confort spartiate, mais dont le loyer modeste lui permettait de ne pas être esclave de son niveau de revenus : ce relatif dépouillement lui offrait la liberté.

N'ayant pas trouvé de poste fixe dans sa spécialité, il gagnait sa vie en écrivant des piges pour une revue de sociologie. Les rentrées d'argent étaient variables mais il parvenait à s'en sortir.

Le flot des touristes s'était étiolé et le quartier avait retrouvé son calme. L'implacable chaleur de l'été avait cédé la place à une douceur savoureuse. L'automne s'écoulait tranquillement.

Christos ne pouvait s'empêcher de repenser à sa conversation avec Tom, à l'emprise que l'information transmise par les médias semblait avoir sur lui. Quand il était étudiant, Christos avait eu la chance de suivre un temps les cours du grand linguiste Noam Chomsky à la prestigieuse université américaine du MIT. Un jour, Christos lisait le journal au premier rang de l'amphithéâtre en attendant le début du cours. Il n'avait pas entendu Chomsky arriver et avait sursauté quand celui-ci l'avait interpellé :

— Pourquoi lisez-vous le journal, jeune homme ?

— Euh… pour avoir des nouvelles du monde…

Chomsky avait alors souri, d'un sourire bienveillant teinté d'une pointe de condescendance amusée.

— Non, monsieur. En lisant le journal, vous avez des nouvelles de ce qui est écrit dans le journal…

Naturellement, les gloussements amusés s'étaient propagés dans l'assistance. Et Chomsky avait ajouté :

— Le tableau du monde présenté aux gens n'a pas la plus petite relation avec la réalité, car la vérité sur la moindre affaire est enterrée sous des montagnes de mensonges.

Christos ne put s'empêcher de sourire en se remémorant la scène.

Si les médias diffusaient en boucle des informations allant dans le même sens, induisant la même émotion, la même peur, ce n'était sans doute pas sans raison. Il y avait probablement quelque chose *derrière* cette info. Christos avait encore à l'esprit les conférences et les livres de Chomsky, ses analyses de la façon dont nos sociétés avaient insidieusement basculé dans la manipulation des masses.

Tout avait commencé en 1917 aux États-Unis…

La Première Guerre mondiale fait rage en Europe et le président Woodrow Wilson veut que son pays entre en guerre. Mais il se heurte à un double problème : le peuple américain y est farouchement opposé ; et lui-même s'est fait réélire l'année précédente grâce au slogan « *He kept us out of war*[1] ». Il est coincé.

Pour résoudre ce problème, Wilson décide alors de créer une commission baptisée « Committee on Public Information », souvent surnommée « commission Creel » du nom du journaliste qui l'a dirigée. Le but ? Retourner l'opinion publique en lui insufflant l'envie de cette guerre. Ses membres ? Non pas des hauts fonctionnaires de l'État, mais… des journalistes, des illustrateurs et des professionnels de l'influence. L'idée n'est pas de convaincre avec des arguments rationnels, mais d'induire des émotions chez les gens pour forger de toutes pièces l'opinion publique en la façonnant dans le sens voulu par le pouvoir.

L'un de ses membres est un certain Edward Bernays, neveu de Freud, qui a repris de son oncle l'idée que les gens se croient dotés d'un esprit rationnel alors qu'en réalité ils sont soumis sans le savoir à leur inconscient. Pour Bernays, il ne sert à rien d'essayer de convaincre les gens avec des arguments ciblant

1. Il nous a maintenus en dehors de la guerre.

leur raison : il faut faire appel à leur instinct et à leurs émotions.

La commission est dotée de moyens considérables. La première idée consiste à utiliser la presse pour lui faire relayer de fausses informations porteuses d'émotions fortes afin d'induire un profond sentiment antiallemand. La commission rédige un épais bulletin quotidien qui est envoyé chaque jour à tous les organes de presse, aux quatre coins du pays.

Elle diffuse à grande échelle des histoires inventées de toutes pièces, par exemple celle de bébés belges embrochés par les Allemands sur des baïonnettes.

La commission produit des films, y compris des longs-métrages. Elle crée des affiches illustrées, comme celle montrant un soldat américain arrêtant un Allemand en train de terroriser une mère et son enfant. Une autre montre un affreux gorille coiffé d'un casque à pointe, portant la moustache blonde de l'empereur allemand et armé d'un gourdin, enlevant une femme à moitié dénudée. En arrière-plan, l'Europe dévastée et la cathédrale de Reims incendiée. En énorme, le slogan « *Destroy this mad brute*[1] ».

Très vite, on voit naître dans la population des sentiments de colère, puis de haine des Allemands. Des orchestres se mettent à refuser de jouer de la musique de compositeurs allemands.

1. Détruisez cette brute enragée.

Les artistes sont mis à contribution, invités partout dans le pays à prendre la parole pour exprimer la nécessité d'entrer en guerre.

En un rien de temps, l'opinion publique est retournée et soutient à fond la guerre. Cette vaste opération est un énorme succès.

La commission maintient ses actions de manipulation du peuple américain jusqu'à la fin du conflit, continuant à faire relayer par la presse de fausses informations, comme celle de bateaux escortant la 1re division en Europe qui auraient coulé plusieurs sous-marins allemands, ou encore celle d'une pléiade d'avions de combat volant vers la France alors qu'il n'en existe qu'un seul exemplaire… encore en phase de test dans son atelier : leurs photos diffusées dans la presse ont été truquées.

La commission élargit son objectif initial et cible aussi la presse étrangère pour influencer l'opinion publique internationale ; des journalistes étrangers se voient offrir de beaux voyages aux États-Unis, ce qui, comme par miracle, les motive à relayer l'information voulue.

Une fois la guerre finie, la commission est dissoute. Son membre le plus influent, Edward Bernays, a alors l'idée de transposer ses techniques de propagande dans le privé pour aider de grandes entreprises à influencer le peuple. Il ne s'agit pas de faire de la publicité, mais bien de lancer des opérations de grande envergure pour modeler les esprits et induire chez les gens les comportements voulus. Il écrira plus tard : « L'étonnant succès que la commission a rencontré pendant la guerre a ouvert les yeux d'une minorité d'individus intelligents sur les possibilités de mobiliser l'opinion, pour quelque cause que ce soit. »

Bernays crée une agence de *Conseil en relations publiques*, terme qu'il invente pour l'occasion, toujours en vogue cent ans plus tard. Les clients affluent. Bernays développe sa pratique en s'appuyant sur les sciences sociales : psychologie, psychologie sociale, sociologie, psychanalyse, sociopsychologie.

Il utilise les relais d'opinion, et souvent parmi eux deux cibles de choix : les journalistes, et les médecins. Pourquoi les médecins ? Parce qu'ils inspirent respect et confiance : on s'en remet à eux pour notre santé, on a donc l'habitude de suivre leurs recommandations.

Les actions que Bernays entreprend pour le compte de ses clients sont d'une efficacité redoutable. Les résultats pleuvent, les clients se multiplient, dans des domaines très variés.

Christos se souvenait encore de la campagne de manipulation menée pour un fabricant de bacon. Une campagne totalement à l'image des actions de Bernays. Le fabricant veut accroître ses ventes. Comme d'habitude, Bernays voit grand. Il a l'idée de développer pour lui *l'ensemble* du marché du bacon. Pour cela, il paye des médecins pour réaliser une étude qui conclut à l'utilité pour la santé d'un petit déjeuner copieux. Il va ensuite diffuser les résultats de cette étude à plus de quatre mille médecins aux quatre coins des États-Unis en les incitant à motiver leurs patients à adopter un tel petit déjeuner. Précisément au même moment, il inonde les médias de publicités pour le bacon. En à peine quelques années, le petit déjeuner à base de bacon s'est imposé aux États-Unis, s'inscrivant durablement dans les comportements alimentaires, allant jusqu'à devenir une nouvelle tradition...

Dans un autre domaine, Bernays parvient à un renversement d'opinion en réussissant à amener les femmes à fumer alors que la cigarette est vue comme une pratique machiste. Plus tard, il utilise une fois de plus les médecins, cette fois-ci pour promouvoir la marque Camel, parvenant à leur faire dire que c'est leur marque de cigarettes préférée.

Fort de ses succès auprès des entreprises privées, Edward Bernays décide de retourner mettre ses méthodes au service des pouvoirs politiques. Il est en cela cohérent avec ses valeurs puisqu'il a déclaré dans le passé : « Si l'on parvenait à comprendre le mécanisme et les ressorts de la mentalité collective, ne pourrait-on pas contrôler les masses et les mobiliser à volonté sans qu'elles s'en rendent compte ? »

Bernays pense en effet que les gens sont dans l'ensemble incapables de comprendre les affaires publiques et donc d'assumer leur rôle de citoyen :

les gens sont idiots et il faut décider à leur place. Ceux qui les gouvernent doivent donc berner le peuple pour qu'il les laisse mener les affaires comme ils le souhaitent. Pour le bien de tous, naturellement. Il faut pour cela utiliser les nouvelles techniques d'influence et les médias de masse pour « cristalliser l'opinion publique » et « fabriquer le consentement », selon ses propres termes. Il écrit : « La manipulation consciente, intelligente, des opinions et des habitudes organisées des masses joue un rôle important dans une société démocratique. Ceux qui manipulent ce mécanisme social imperceptible forment un gouvernement invisible qui dirige véritablement le pays. »

Bernays aura rapidement l'occasion de mettre à l'œuvre ses principes. Au Guatemala, un petit pays tranquille d'Amérique latine, le président démocratiquement élu Jacobo Árbenz Guzmàn met en place une réforme agraire qui nuit aux intérêts d'une multinationale américaine : la United Fruit Company. Cette grande entreprise se paye alors les services de Bernays pour changer la donne.

Bernays imagine un stratagème pour discréditer le président guatémaltèque aux yeux de l'opinion américaine en le faisant passer pour un communiste menaçant la sécurité des États-Unis. Il crée un bureau de presse soi-disant indépendant, en réalité financé par la United Fruit Company. Ce bureau communique régulièrement à la presse un flot d'informations sur le caractère prétendument communiste du Guatemala. Il offre des voyages aux journalistes pour les influencer. Ceux-ci commencent à relayer les fausses informations, qui bientôt inondent la presse. Très vite, le peuple s'émeut de cette menace qui semble grandissante. Les gens ont peur, très peur. Cela finit par pousser le gouvernement américain à agir. En 1953, la CIA monte alors une opération secrète baptisée PBSUCCESS pour renverser le président guatémaltèque. Le coup d'État réussit en juin 1954 avec l'aide d'avions de combat américains et de mercenaires formés par la CIA. On met au pouvoir un ancien général, Carlos Castillo Armas, à la tête d'une junte militaire. Des milliers de sympathisants de l'ancien président seront emprisonnés ou assassinés dans la foulée.

Chomsky dira du nouveau régime en place qu'il s'agissait « d'un véritable enfer sur Terre, probablement le régime de l'époque contemporaine le plus proche de l'Allemagne nazie ». Mais la United Fruit Company récupéra des dizaines de milliers d'hectares de terres qui avaient été distribués aux paysans. Et le peuple américain fut satisfait.

À partir de là, les contrats vont pleuvoir pour l'agence d'Edward Bernays.

Il avait obtenu qu'un État se mette au service d'une entreprise privée, nuisant à l'intérêt d'honnêtes citoyens. Aujourd'hui, cent ans plus tard, cette pratique s'est généralisée dans la plupart des pays dits démocratiques… Les grandes multinationales, notamment américaines, parfois plus puissantes que des États, œuvrent en permanence en coulisse pour influer sur les politiques publiques afin qu'elles collent à leurs intérêts. Mais ce lobbying intense et efficace qu'elles mènent auprès des élus ne leur suffit pas : elles vont plus loin en façonnant directement l'opinion publique afin que les élus n'aient plus qu'à suivre la volonté apparente du peuple, volonté induite à son insu.

En 1923, Bernays publie un livre pour relater ses exploits en matière d'influence de la population, sans doute dans le but d'élargir encore sa clientèle : *Crystallizing Public Opinion*. Il est fier d'y détailler ses techniques.

Dix ans plus tard, Karl von Wiegand, journaliste américain d'origine allemande basé en Allemagne, trouva ce livre dans la bibliothèque de Joseph Goebbels. Goebbels… ce proche d'Hitler, surnommé « le nain venimeux », considéré comme expert en lavage de cerveaux. Ministre de la Propagande de 1933 à 1945, il réussit à manipuler l'opinion publique allemande pour inculquer la haine des Juifs à une population pourtant éduquée, rendant possible l'avènement de la barbarie au sein d'une société moderne.

Quand on s'y prend bien, en jouant sur les émotions, on peut faire croire aux gens n'importe quoi, y compris des horreurs, même aux plus intelligents et cultivés d'entre eux.

4

Le Président prit la parole un soir au moment où je rentrais chez moi, éreinté par une longue journée de travail et assez stressé par le trajet en voiture. Je venais de prendre mon courrier dans ma boîte aux lettres et j'y avais trouvé un pli qui ne m'était pas destiné. Je sonnai à la loge de la gardienne pour le lui remettre.

Mme Blanchard m'ouvrit, un sourire fatigué au visage. J'aimais bien cette femme, qui semblait être venue sur Terre pour y vivre l'enfer. Une petite quarantaine, de taille moyenne mais corpulente, brune, les cheveux toujours ramenés en arrière en queue-de-cheval, jamais maquillée mais toujours très propre sur elle. Les soucis semblaient s'être imprimés sur son visage aux traits tirés, mais elle souriait dès qu'elle croisait un locataire, moins par convenance que par gentillesse. On la voyait souvent s'activer au nettoyage dans les cages d'escalier, et son obésité n'entravait pas son énergie. C'était une femme courageuse, qui élevait seule son petit garçon. Le père avait depuis longtemps disparu sans laisser d'adresse ni de pension alimentaire. Elle faisait des ménages chez les gens en dehors de ses heures officielles pour pouvoir boucler ses fins de mois. Mais on ne l'entendait jamais se plaindre.

L'enfant était hospitalisé depuis plusieurs mois, atteint d'un cancer incurable. Elle se rendait à son chevet tous les jours pour quelques minutes seulement car les horaires de visite à l'hôpital étaient peu compatibles avec ceux d'ouverture de sa loge. Elle avait essayé de négocier un changement auprès de la grande banque qui possédait l'immeuble ; en vain.

Quand elle m'ouvrit la porte, le son de la télévision s'échappa de la loge, accompagné de l'odeur de la soupe aux poireaux, et j'entendis retentir l'hymne national qui précédait l'intervention présidentielle que tout le monde attendait.

Mme Blanchard surprit le regard intéressé que je jetais en direction de l'écran.

— Vous voulez rester l'écouter ? demanda-t-elle.

— Je ne veux pas vous déranger, dis-je en secouant la tête.

— Le temps que vous montiez chez vous, ça sera trop tard ! Venez.

J'acceptai et elle me fit entrer ; je m'assis sur une chaise en bois.

Le Président s'exprima avec un air grave de circonstance. Il commença par rappeler la situation, puis expliqua que notre salut serait apporté par les voitures autonomes programmables : celles-ci étant pilotées par des logiciels, elles ne seraient plus soumises aux erreurs humaines ni même aux aléas de la conduite en état d'ivresse. Elles seules seraient la garantie d'une sécurité totale. C'était l'unique solution possible pour éradiquer le fléau des accidents de la route.

Tout le monde s'attendait plus ou moins à cette solution, dont l'idée avait manifestement fuité dans la presse. La vraie surprise arriva ensuite.

— La technologie des voitures autonomes n'étant pas encore tout à fait au point, poursuivit le Président, j'ai décidé, en attendant, de mettre en place une limitation stricte de l'usage des voitures particulières. Celles-ci resteront confinées à leurs places de stationnement jusqu'à nouvel ordre. Des exceptions seront accordées au titre des trajets d'urgence, qui seront précisées par le gouvernement dans les jours qui viennent. Les entreprises non desservies par les transports en commun devront mettre en œuvre le télétravail.

Les voitures confinées jusqu'à nouvel ordre...

Les mots résonnaient encore dans ma tête lorsque je pris congé de Mme Blanchard.

Je me sentais tout bizarre à l'idée de ne plus pouvoir me déplacer librement dans ma voiture, et aussi de passer au télétravail : j'allais rester des journées entières cloîtré dans mon appartement.

Ce soir-là, quand j'ouvris la porte de chez moi, l'espace me sembla plus réduit que d'habitude.

5

Christos ouvrit la porte de son frigo, attrapa la bouteille d'ouzo, hésita une seconde… puis la reposa à sa place. Il se versa finalement un petit verre de citronnade, y jeta deux glaçons, puis alla s'asseoir sur le rebord de la fenêtre ouverte. Il ferma les yeux et inspira profondément en remuant doucement son verre. Les glaçons tintèrent contre les bords. L'air doux de fin d'après-midi sentait bon les fleurs de la glycine qui rampait le long de la façade. Il resta ainsi quelques instants, sans penser à rien, juste à profiter de ce délicieux moment. Puis il prit une gorgée de sa boisson et se délecta de la douce fraîcheur qu'elle produisait dans son corps.

Dans la rue en contrebas, on entendait le chant délicat d'un violon en solo, peut-être à la terrasse d'un café. On percevait aussi le son de la télé du voisin.

Christos repensa à Tom.

Son ami n'allait pas bien et cela le préoccupait.

Ce qui se passait dans son pays depuis quelque

temps impactait son équilibre, déjà plutôt fragile dans le passé.

Un être humain, pour s'éveiller à lui-même et s'épanouir, a besoin d'élever son âme. Élever son âme est le fruit d'un travail sur soi auquel invitent les traditions spirituelles du monde entier, du christianisme à l'hindouisme et de l'islam au bouddhisme en passant par le judaïsme ou le taoïsme. Les spiritualités laïques y invitent aussi : c'est toute la démarche des philosophes depuis l'Antiquité, qui cherchent le chemin de la sagesse et de « la vie bonne ».

Ce travail sur soi vise à élever sa conscience notamment en clarifiant ses pensées et ses intentions, en se libérant de ses peurs, en maîtrisant ses pulsions, en développant en soi la compassion et l'amour : amour de soi, amour des autres, amour de la Vie.

Ce travail est exigeant, difficile, mais les vrais efforts qu'il demande sont toujours récompensés car ils nous font avancer de jour en jour sur le chemin d'une joie durable, bien au-delà des petits bonheurs très passagers que l'on peut tous par moments ressentir.

Pourquoi ce travail sur soi est-il exigeant ? Parce qu'il sera toujours plus facile de se laisser happer par nos peurs que de gagner en confiance, il sera toujours plus facile de s'assujettir au regard des autres que de s'en libérer, il sera toujours plus facile de juger que de comprendre, il sera toujours plus facile d'obéir à nos bas instincts que de s'en délivrer : il sera toujours plus facile de se laisser tirer vers le bas que d'élever sa conscience.

Christos tendit l'oreille. La télé du voisin diffusait des pubs. Il reconnut aussitôt le spot d'un constructeur automobile qui faisait lourdement comprendre que posséder cette voiture ferait de vous un tombeur de filles... Le spot suivant bruitait un cambriolage pour vendre un système d'alarme avec télésurveillance.

Les grandes firmes avaient depuis longtemps compris que jouer sur les bas instincts, les pulsions et les peurs était le moyen le plus simple et le plus efficace pour vendre n'importe quoi. C'est aussi simple que d'appuyer sur un bouton qui déclenche immanquablement l'effet attendu. Que cela tire les gens vers le bas n'est pas leur problème.

Cette démarche s'était donc généralisée, et pas seulement pour vendre des produits. Le cinéma, la télévision, les jeux vidéo : tous les secteurs du divertissement s'étaient emparés du principe, sachant pertinemment qu'il leur serait mille fois plus facile de nous attirer à eux par ce biais qu'en nous proposant de quoi nourrir notre âme. On y avait donc progressivement trouvé de plus en plus de violence, de sexe, de vulgarité. Et le phénomène s'était accentué gravement avec la privatisation et la multiplication des chaînes de télévision.

Autrefois, il y a encore quelques décennies, les gouvernements cherchaient à élever l'esprit des gens. Les télévisions, essentiellement publiques, proposaient des émissions culturelles, les films étaient souvent suivis de débats intellectuels, et même les jeux télévisés étaient intelligents. Puis, les gouvernements ont vendu leur âme et leurs chaînes au monde du business. Des télévisions publiques ont été cédées à de grandes entreprises (dont les patrons étaient proches des élus), et on a distribué des fréquences à tous ceux ayant assez d'argent pour se les offrir. À partir de là, les chaînes privées n'ont jamais cessé de courir après l'audimat en tirant le niveau vers le bas, encore plus bas, toujours plus bas, flattant les bas instincts et cultivant la bêtise.

La droite ferma les yeux, c'était bon pour la croissance économique ; la gauche aussi, trop contente de voir voler en éclats la *morale bourgeoise*.

Les gouvernements laissent maintenant les chaînes diffuser aux heures de grande écoute des films particulièrement violents. De temps en temps, on sort de derrière les fagots quelques psys peu scrupuleux pour endormir les parents : l'enfant peut tout voir, disent-ils, tant qu'un adulte est à ses côtés pour le lui expliquer et le rassurer.

Christos sourit en imaginant la scène :

Tout va bien, mon chéri. Certes le monsieur a coupé

la tête de la dame avec une tronçonneuse et le sang a giclé partout, mais rassure-toi : ce n'est que du cinéma.

Le chéri est rassuré, il fera de beaux rêves et deviendra un adulte confiant et équilibré.

Et avant cela, quand il aura 10 ou 11 ans, à l'âge où l'enfant construit son jugement moral et où son équilibre psychique se met en place, le chéri pourra jouer aux jeux vidéo et passer chaque jour trois ou quatre heures de son temps libre à tuer des gens à raison de vingt ou trente par minute, sans que personne s'en émeuve. L'industrie des jeux vidéo est l'une des plus florissantes, alors on ferme les yeux sur les effets psychologiques.

Le jour où le chéri passera à l'acte pour de bon en cognant ses copains ou ses profs, les ministres seront les premiers à s'offusquer dans les médias et à déclarer, la main sur le cœur et la voix vibrante de conviction, vouloir s'attaquer au problème de la violence des jeunes. Tout comme ils déclarent tous vouloir s'attaquer à la violence envers les femmes, et *en même temps*, laissent la pornographie violente se répandre en accès libre. De nos jours, c'est tristement par ce biais que les jeunes découvrent la sexualité. L'âge moyen d'exposition d'un enfant aux images pornographiques est de… 10 ans. Souvent grâce aux smartphones des copains. Cela lui promet une future vie intime épanouie.

Mais là encore, il suffit bien sûr que les parents parlent à leurs enfants.

Mon petit chéri, avant de reproduire sur tes copines les horreurs que tu as vues, pense à demander leur consentement, hein ?

C'est plus efficace que de réglementer une industrie qui prospère.

Puis très rapidement, le jeune tombera entre les griffes des réseaux sociaux qui soumettent les enfants à la dictature du regard de l'autre, le conditionnant à quérir en permanence l'approbation des camarades, et l'exposant à des critiques ravageuses.

Frances Haugen, une ingénieure ayant passé deux ans chez Facebook, a alerté en octobre 2021 le Congrès américain en accusant son ancien employeur d'utiliser les méthodes de l'industrie du tabac pour « pousser les adolescents à utiliser toujours plus ses plateformes au risque de provoquer une addiction ». Elle ajoutait que les produits de Facebook « nuisent aux enfants, attisent les divisions, et affaiblissent notre démocratie ».

Petit à petit, au fil des années, les gouvernements ont délaissé l'intérêt des gens pour celui des grandes firmes, parfois simplement dans le but d'engendrer des points de PIB en fermant les yeux sur les dommages collatéraux : la croissance économique se fait au prix d'un effondrement intellectuel, culturel, psychologique et spirituel ; un délitement de la société, un déclin progressif de la civilisation humaine dans un monde désormais vidé de son sens, un monde se réduisant à un temple du business et de la consommation, au grand dam de notre pauvre planète qui menace de ne jamais s'en remettre.

Les politiques ferment les yeux, feignant de mettre plus ou moins en œuvre ce que demande le peuple, et ce que demande le peuple est induit par les firmes.

Christos reprit une gorgée de citronnade et laissa son regard se promener sur les passants dans la rue en contrebas, puis il ferma les yeux, et recueillit la douce chaleur des derniers rayons du soleil sur son visage.

Malgré tout, il était confiant, confiant dans l'être humain, confiant dans la Vie. Un jour, c'était certain, les gens se réveilleraient et se réapproprieraient leur existence.

6

J'allumai machinalement la télé. Des commentateurs politiques revinrent sur la parole du Président, puis on enchaîna sur les reportages habituels montrant les accidents d'avant le confinement, des salles d'urgence d'hôpitaux, des interviews de soignants… Je l'éteignis au bout de dix minutes.

Dans les jours qui suivirent, des médecins suggérèrent de porter une minerve au volant quand l'usage des voitures aurait repris : la plupart des chocs étant frontaux, les victimes subissaient fréquemment le « coup du lapin » causant des dommages graves au niveau des cervicales, allant jusqu'à la paralysie. La minerve était selon eux une solution simple et facile à mettre en œuvre immédiatement pour protéger la nuque des conducteurs et des passagers et anticiper ainsi une bonne partie des problèmes.

Cela me sembla une solution de bon sens et, quelques jours plus tard, je me rendis à la pharmacie pour en acheter une. Mais il n'y en avait plus et, après un petit tour du quartier, je me rendis compte que les minerves étaient partout en rupture de stock.

Le ministre de la Santé affirma alors que les minerves ne servaient à rien, et que les gens ne sauraient même pas les enfiler correctement. La porte-parole du gouvernement confirma en confiant ne pas savoir elle-même comment en mettre une. Il y avait plus de risques que de bénéfices à en porter : en les mettant de travers, on risquait de générer des accidents.

Depuis quelque temps, j'étais en télétravail. En tant qu'ingénieur, j'avais le privilège de disposer d'un ordinateur portable performant et surtout, n'ayant pas d'enfant à la maison, je pouvais travailler tranquillement.

En revanche, j'avais la malchance de vivre en banlieue : je ne pouvais plus me rendre en ville le soir pour des sorties entre amis : les transports en commun sont parfois dangereux la nuit, et les taxis me seraient revenus trop cher.

Je me retrouvai donc coincé chez moi vingt-quatre heures sur vingt-quatre, et j'eus vite le sentiment d'étouffer. En dehors des repas et des nuits de sommeil, ma vie se résumait à travailler. Mes amis habitaient loin, mon frère et mes parents aussi, et l'on cessa donc de se voir. Je me sentis vite isolé, coupé des autres. Tout le monde me manquait, même mes collègues.

Je pus prendre ma voiture une fois pour me rendre chez le médecin. Je fus tellement stressé au volant que j'en eus mal au ventre ; je vérifiai plusieurs fois que ma ceinture était bien enclenchée ; je roulai au pas.

J'investis dans la déco de mon appartement pour le rendre encore plus confortable en achetant sur Internet un nouveau fauteuil, de beaux coussins moelleux, un tapis épais et doux.

Cette situation s'éternisa sur de longs mois, et petit à petit, la vie perdait de sa saveur, se dénuait de sens, et pour la première fois de mon existence, l'idée de prendre des antidépresseurs me traversa l'esprit. Je compensais mon mal-être en mangeant. Je mangeais en travaillant, je mangeais en regardant la télé, je mangeais dès que j'avais un coup de blues. Quand je vis mon poids grimper en flèche sur la balance, ma déprime s'accentua. Alors je pris du chocolat pour me remonter le moral.

7

En sortant de son immeuble, Christos cligna des yeux devant le soleil éblouissant du petit matin. Il descendit la rue et prit la première à droite. Sa vieille décapotable italienne des années 60 était garée de travers, une roue sur le trottoir, la capote ouverte. Sans doute avait-il bu un verre de trop la veille au soir !

Il lança sa sacoche sur le siège passager, sauta à bord et dut s'y reprendre à trois fois pour démarrer le moteur. Il le fit hurler quelques instants au point mort pour éviter qu'il ne cale, puis démarra tranquillement.

Christos adorait sa vieille bagnole. Quand il filait comme ça les cheveux au vent dans les jolies rues d'Athènes, il se sentait porté par un sentiment de liberté absolument jouissif.

Vingt minutes plus tard, il s'assit à une terrasse du quartier Exárcheia, au pied de la colline de Strefi, passa commande d'un en-cas en guise de petit déjeuner et sortit son ordinateur portable de sa sacoche. Il préparait un article pour sa revue de sociologie et il aimait venir de temps en temps s'attabler pour écrire dans ce quartier au nord de l'Acropole, constellé de ruelles fleuries et escarpées. C'est ici qu'avait débuté la révolte contre la dictature des colonels en 1973, puis c'était devenu un lieu gentiment libertaire. Malheureusement, depuis quelques années, les trafiquants de drogue tendaient à se l'approprier. Là aussi, le business chassait le monde des idées.

Il était encore tôt le matin et le fond de l'air était frais. De la musique s'échappait par la fenêtre ouverte d'un appartement.

Le serveur lui déposa une grande tasse de café gallikos et un petit pain aux olives.

Il mit ses mains autour de la tasse chaude ; il adorait l'odeur du café fumant.

Son ami Tom n'allait pas bien, depuis quelques mois. Et ça ne faisait qu'empirer. Au fur et à mesure de l'évolution de la situation dans son pays, il l'avait senti glisser dans l'impuissance, puis l'abattement, et maintenant une sorte de résignation triste. C'était normal. Prévisible.

Christos avait bien essayé à plusieurs reprises de le faire réagir, de refuser cette situation ; il avait essayé de lui ouvrir les yeux sur ce qui lui apparaissait comme une vaste manipulation, mais Tom se fermait dès qu'il abordait la question.

Christos s'en voulait car il avait le sentiment de s'y être mal pris dès le début, en livrant tout de suite son feeling sur la situation : ce n'était pas crédible pour Tom. Un peu comme un psy qui vous dirait au bout de vingt minutes :

— J'ai compris votre problème.

Vous ne pourriez pas le croire. Pas avant de lui avoir raconté votre vie en long, en large et en travers pendant au moins quinze heures. Et pourtant, certains psys sont vraiment capables d'une compréhension fulgurante...

Christos avait été maladroit, et maintenant Tom se braquait tout de suite, il ne pouvait plus rien lui dire. Et il s'en voulait de rester impuissant en voyant son ami sur la mauvaise pente.

Christos prit une gorgée de café.

Pourtant, il y avait tant à dire. Tout ce qui se passait depuis six mois était une parfaite illustration de toutes les techniques de manipulation des masses développées depuis un siècle. On aurait presque pu prédire chaque fois l'étape suivante sans se tromper. Bernays était mort en 1995, mais ses techniques de propagande lui avaient survécu. Elles étaient même depuis longtemps enseignées dans les grandes universités américaines où étudiaient les futurs dirigeants de multinationales, mais aussi dans les écoles d'études politiques où l'on formait les futurs élus, un peu partout dans le monde. Après quoi les sociétés de conseil américaines qui sévissaient dans la plupart des pays prenaient le relais afin de conseiller les grands patrons, mais aussi les chefs d'État et leurs ministres, sur l'art de manipuler la population.

Les conseils ne sont jamais neutres parce que ces cabinets ne le sont pas : tous sont américains, et tous tirent d'abord leurs subsides des multinationales américaines, auxquelles ils sont donc intimement attachés. Ces firmes exercent elles-mêmes un lobbying intense, auquel elles consacrent des budgets considérables, pour obtenir des gouvernements des décisions en leur faveur.

Il y a aussi une proximité culturelle : dans chaque pays, les présidents et les ministres, comme les grands patrons, font partie d'une certaine élite, ils sont souvent issus des mêmes milieux, ont parfois fait les mêmes études, et ce sera toujours plus valorisant pour un chef d'État d'être invité à bord du yacht d'un PDG de multinationale que de déjeuner avec le patron d'une PME locale, même si l'ensemble des PME emploie dans son pays plus de monde que les très grandes entreprises. On verra d'ailleurs souvent un ministre de l'Économie se battre pour préserver les intérêts d'une grande firme même si elle a tellement délocalisé ses affaires qu'elle ne représente plus grand-chose localement.

Et puis… il y a aussi la préparation de *l'après* : de plus en plus d'élus ne font qu'un passage dans la politique, avant de poursuivre leur carrière dans le privé. Il est dès lors très tentant de servir les intérêts de ceux qui pourront être vos partenaires ou vos employeurs de demain.

Tout converge donc pour que les élus et membres de gouvernements soient sous l'influence de ces multinationales, et même dans certains cas relayent plus ou moins consciemment leur propagande à l'égard de la population.

Mais la véritable histoire des relations adultérines entre les multinationales et les chefs d'État a commencé il y a une cinquantaine d'années, dans une petite station balnéaire suisse située au fin fond du canton des Grisons. Un économiste allemand y fonde une organisation destinée aux grands patrons du continent pour les initier aux pratiques de management américaines. La station s'appelle Davos, et l'économiste, Klaus Schwab.

Nous sommes en 1971 et il réussit cette année-là à réunir quatre cent quarante-quatre dirigeants d'entreprise. Gros succès qui se confirme les années suivantes. L'organisation décide ensuite d'inviter des responsables politiques, puis des membres de la société civile, et elle adopte son nom définitif : le Forum économique mondial, désormais connu sous l'appellation Forum de Davos. L'idée de ce nouveau départ était intéressante : faire se rencontrer tous ces gens pour échanger sur les problèmes du monde. Klaus Schwab pensait que les chefs d'État ne devaient pas être les seuls à régler les problèmes : les grosses firmes avaient aussi leur rôle à jouer, ainsi que des personnes issues de la société civile.

Que des patrons de multinationales veuillent s'attaquer aux problèmes du monde ne manque pas de piquant puisqu'ils sont à l'origine de la plupart d'entre eux : pollution, réchauffement climatique, dégénérescence culturelle, violence...

Qu'ils se permettent alors de proposer des solutions qui, miraculeusement, arrangent aussi leurs affaires ne surprendra personne. On pourrait donc se contenter d'en sourire...

Sauf que progressivement, au fil des ans, le Forum est d'une certaine façon devenu un centre de décisions destinées à être *vraiment* mises en œuvre, trouvant finalement normal que le monde se retrouve dirigé par une coalition de multinationales et une sélection de chefs d'État et de membres de la société civile.

Cette vision coïncide bien avec la façon dont certains milliardaires patrons de grosses firmes américaines ont envie de voir évoluer leur rôle : quand vous possédez une Porsche, vous pouvez rêver d'une Ferrari. Mais quand vous avez déjà quinze Ferrari, vous n'en désirez pas une seizième : cette perspective vous laisse même totalement froid ! Il vous faut désormais quelque chose d'un autre ordre pour alimenter vos désirs et nourrir votre *ego*. Le sentiment d'être l'un des maîtres du monde[1] y répond parfaitement. La soif de pouvoir souvent maladive de ces dirigeants a alimenté chez eux une forme d'intelligence très particulière qui leur a permis de se hisser aux postes qu'ils occupent. Cette position peut ensuite leur donner le sentiment d'être légitimes pour imposer leurs vues au peuple, qui a rarement leur niveau d'études ni cet esprit spécifique qui les a conduits où ils sont. Mais l'intelligence revêt plusieurs formes et ne se limite pas à celle que cette caste a développée et qui n'est en rien synonyme de sagesse ni de bienveillance. La conquête du pouvoir est souvent associée à une détermination impitoyable qui coupe l'individu de ses émotions, au point où certains ne sont même plus capables de ressentir de l'amour ni de la compassion : tels des acteurs insensibles, ils se contentent alors, pour soigner leur image, de simuler les émotions suggérées par leurs conseillers en communication.

Le peuple, même parmi les moins cultivés, dispose souvent d'un bon sens, d'une certaine sagesse et d'une intelligence du cœur que l'on ne retrouve guère chez ces puissants.

Les Athéniens de la Grèce antique l'avaient bien compris : aux Vᵉ et IVᵉ siècle avant notre ère, les membres du Conseil, qui disposaient d'un large

1. Expression employée par *Le Monde diplomatique* pour désigner les membres du Forum.

pouvoir législatif, exécutif et même judiciaire, étaient choisis par tirage au sort parmi les citoyens.

Une fois de plus, les intentions de ces dirigeants de multinationales sont peut-être sincères : ils souhaitent peut-être de bonne foi résoudre les problèmes et faire de cette Terre un monde meilleur. Cela collerait d'ailleurs assez bien avec la culture américaine protestante dans laquelle faire le bien et gagner de l'argent ne sont pas incompatibles, et si l'un renforce l'autre, c'est encore mieux. C'est parfois aussi une façon de se mentir à soi-même, en croyant qu'on agit pour le bien alors qu'en fait, la priorité inconsciente est de développer son business. Comment en effet croire une seule seconde qu'ils seraient capables de prendre des décisions bonnes pour le monde si celles-ci devaient gêner leurs intérêts ?

Christos reprit une gorgée de café et soupira.

De toute façon, le principal problème est ailleurs : ces initiatives ne sont pas démocratiques ! Ces quelques personnes n'ont pas été élues et leur vision de ce qui est bon pour le monde n'est pas forcément partagée par le peuple et, dès lors, ne doit pas être mise en œuvre derrière son dos.

Mais quand vous savez que vous faites partie de l'élite de la planète, il est pour vous facile de croire que vous savez mieux que le peuple ce qui est bon pour lui. Dès lors, il est très tentant de passer outre son avis. Et dans la mesure où, depuis un siècle, vous maîtrisez les outils de manipulation des masses, il n'y a qu'un pas à franchir pour emmener le peuple où vous voulez qu'il aille.

Pour son bien.

8

Deux mois plus tard, changement de ton : le gouvernement annonça que les minerves étaient le meilleur moyen connu à ce jour pour se protéger en attendant les voitures autonomes. Celles-ci n'étant toujours pas opérationnelles, le Président décida de réautoriser partiellement l'usage des voitures classiques, avec des consignes strictes : le port de la minerve devenait obligatoire à bord de tout véhicule et, à chaque sortie, on devait remplir une attestation indiquant le motif du déplacement, l'adresse du domicile et de la destination, ainsi que l'heure précise de départ. Il y aurait des contrôles et des verbalisations.

L'idée que remplir une telle attestation ne rimait à rien et frisait même l'absurdité me traversa furtivement l'esprit, bien vite remplacée par un profond sentiment de gratitude : le Président nous accordait un peu plus de liberté et je le vécus comme une bouffée d'oxygène. J'aurais pu aller mettre un cœur sur sa page Facebook ! Ça me donnait envie de faire la fête.

Je m'attelai donc au remplissage quotidien de l'attestation, parfois deux fois par jour. Je m'accordais moi-même... l'autorisation de sortir. Au début, ça m'agaçait de devoir accomplir un acte aussi stupide. J'en ressentis même une certaine colère. Mais les menaces de PV planaient sur moi, alors je n'avais pas le choix. Avec le temps, petit à petit, je m'en accommodai, et après quelques semaines, je le faisais machinalement, sans plus me poser de questions.

Cela fit bizarre au début de conduire la tête fermement maintenue par la minerve. Je me sentais un peu humilié de devoir porter ça, puis je souris de croiser les automobilistes le cou également serti de cet épais collier blanc. J'avais l'impression qu'on était tous des figurants dans un film étrange.

Très vite, des gens créatifs imaginèrent des décorations sur les minerves, de tous les styles, de tous les genres. Je vis même une conductrice qui avait recouvert la sienne d'anneaux dorés à la façon des femmes girafes africaines.

Chaque jour, les médias continuèrent d'égrener les morts et les blessés sur les routes, et mon stress au volant ne faisait qu'empirer. Quand j'entendais ces infos inquiétantes en voiture, je ne pouvais m'empêcher de vérifier la position de ma minerve et, parfois, de la resserrer un peu.

On commença à voir des piétons en porter. La première fois, je me retins de rire, puis je me dis qu'ils avaient peut-être raison : les accidents n'arrivent pas qu'aux automobilistes, on le sait bien. Un jour, je sonnai chez ma voisine de palier pour lui emprunter du sel. Elle ouvrit sa porte et je fus stupéfait de la voir ainsi équipée dans son appartement.

— Je… J'ai un vieil oncle qui est tombé paralysé à la suite d'une chute toute bête, me dit-elle. Chez lui, dans les escaliers…

Je dus paraître incrédule, car elle s'empressa d'ajouter :

— Demandez à n'importe quel pompier, il vous dira que la plupart des accidents arrivent à la maison. Les gens tombent d'un escabeau, glissent dans la baignoire, se prennent les pieds dans le tapis…

Je me contentai d'acquiescer.

9

23 juin 2016 : près de 52 % des Britanniques se prononcèrent pour la sortie du Royaume-Uni de l'Union européenne. La déflagration fut immense et résonna jusque de l'autre côté de l'Atlantique, faisant trembler la terre sous les gratte-ciel des grandes firmes. Les patrons de multinationales américaines durent se frotter les yeux pour s'assurer qu'ils n'étaient pas juste dans un mauvais rêve. Quand on le laissait libre, le peuple faisait vraiment n'importe quoi…

Christos se souvenait encore des articles de journaux dans la presse financière américaine de l'époque : on prédisait que, malgré tout, le Brexit n'aurait pas lieu, que le gouvernement trouverait le moyen de contourner le vote des citoyens. Ne l'avait-on pas fait en 2005 lors du référendum sur le traité d'adoption de la Constitution européenne ? Après que les Français puis les Néerlandais eurent voté « non », on s'était dépêché d'interrompre le déroulement du référendum dans les autres pays européens, puis on avait remplacé le traité par un autre qu'on s'était bien gardé de faire approuver par les peuples. Seuls les Irlandais avaient eu la mauvaise idée de le soumettre de nouveau à référendum... et les citoyens l'avaient aussi rejeté. Il avait fallu les faire revoter l'année suivante en modifiant certains termes pour les faire céder.

Pendant les trois années de négociations qui suivirent le référendum du Brexit, les grandes multinationales gardèrent ainsi espoir d'une renonciation, d'un retour en arrière : là aussi, on trouverait bien le moyen de faire plier le peuple.

Il faut dire qu'à l'origine le projet d'Union européenne avait mûri... aux États-Unis.

Le Français Jean Monnet, l'un des pères fondateurs de l'Europe, avait longtemps vécu en Amérique où il était banquier dans une institution financière qui fusionna avec la Bank of America. Ses affaires le liaient notamment à John Foster Dulles, le frère du directeur de la CIA, ainsi qu'à la famille du milliardaire Rockefeller.

Autre père fondateur de l'Europe, le Belge Paul-Henri Spaak vécut lui aussi aux États-Unis où il fut notamment... secrétaire général de l'OTAN.

Quant à Robert Schuman, également père fondateur, il fut président du Mouvement européen, association promouvant l'intégration européenne notamment à la fin de la Seconde Guerre mondiale. Le Mouvement européen était secrètement financé par le Comité américain pour une Europe unie (American Committee on United Europe), un organisme dirigé par deux anciens des services secrets américains (William J. Donovan et Allen Dulles), organisme qui lui-même était financé par la fondation… d'une multinationale américaine : Ford.

Jean Monnet et Paul-Henri Spaak furent parties prenantes dans la mise en place du plan Marshall, créé en 1947 par les États-Unis pour relancer l'économie des pays d'Europe après la guerre. Ce plan prévoyait des prêts assortis de la suppression de toute barrière douanière pour les produits américains, y compris les films. C'est ainsi que le marché européen s'ouvrit aux multinationales américaines.

Le cinéma d'Hollywood, qui jusque-là était contenu par un régime de quotas, se répandit en Europe, ce qui était très malin de la part des Américains : via leurs films, ils diffusèrent partout leur culture, leur vision du monde, leur mode de vie et de consommation.

Il y eut une autre contrepartie au plan Marshall : l'entrée des pays européens dans des organisations internationales telles que le FMI ou la BIRD, contrôlées par les États-Unis, dont le but ultime était de mettre en œuvre les doctrines libérales américaines d'ouverture des marchés.

Certes, l'objectif des Américains en poussant secrètement à la création de l'Union européenne était aussi de faire face à l'influence croissante de l'Union soviétique, mais en Amérique, le business et la politique vont toujours de pair.

Depuis le début de la construction de l'Union européenne, les Américains n'avaient jamais cessé d'œuvrer pour que les différents pays européens fusionnent dans les mêmes règles, les mêmes normes, afin de faciliter leur pénétration par les grosses firmes américaines.

Il faut dire que l'Europe était auparavant pour elles un casse-tête incommensurable : quarante-huit pays différents, quarante-huit monnaies différentes, quarante-huit séries de normes sanitaires différentes, quarante-huit séries de normes environnementales différentes, quarante-huit législations du travail différentes, quarante-huit codes fiscaux différents, quarante-huit législations des affaires différentes… Un enfer dur à pénétrer. Un cauchemar pour le business.

Les cabinets de lobbying, ces sociétés dont le métier est d'influencer les élus et les fonctionnaires afin d'obtenir des décisions favorables aux firmes qui les payent, n'avaient dès lors cessé de se multiplier auprès des institutions européennes.

Selon le journal *Le Monde* en 2019, le registre commun à la Commission et au Parlement comptait

11 800 cabinets de lobbying déclarés auprès des décideurs et fonctionnaires de l'Union européenne. Le nombre d'équivalents temps plein déclarés par celle-ci était de 24 894. Près de 25 000 lobbyistes qui œuvrent à temps complet pour tenter d'influencer 27 commissaires européens et 705 députés…

Les lobbyistes obtiennent des badges pour pénétrer tranquillement dans l'enceinte du Parlement européen, comme par exemple Fleishman-Hillard qui détenait 58 accréditations en 2019. Cette société de lobbying américaine a notamment été mandatée en France et en Europe pour défendre les produits de Monsanto, et surtout le glyphosate.

L'Américain Google avait quant à lui obtenu plus de 200 rencontres en quatre ans et demi avec des membres de la Commission européenne…

Dans tous les domaines, le lobbying portait ses fruits, ouvrant grandes les portes des pays européens aux produits et aux services des grosses firmes d'outre-Atlantique.

Les multinationales ont toutes en commun de pousser à un monde uniformisé qui leur permet d'installer leur monopole. Elles ambitionnent donc de gommer définitivement les particularismes culturels propres à chaque pays, à chaque région. De changer les goûts des gens, de modifier leurs modes de vie. Remplacer la blanquette française par le hamburger, la paella espagnole par les chicken nuggets.

Pendant des siècles, dans chaque pays, on a raconté aux enfants des contes et légendes ancrés dans leur culture. Aujourd'hui, les jeunes du monde entier regardent les mêmes dessins animés. Qu'ils soient italiens ou coréens, mexicains ou sud-africains, tous s'époumonent dans leur langue sur la chanson *Libérée, délivrée* de *La Reine des neiges*.

Mais est-ce dans l'intérêt des peuples ? se demandait Christos.

L'Europe sera-t-elle toujours l'Europe quand ses petits commerces et ses librairies auront disparu au seul profit d'Amazon, quand ses cafés et salons de thé auront été remplacés par des Starbucks, ses petits restaurants par des McDonald's, KFC, Pizza Hut et autres Burger King, ses petites agences de voyages par TripAdvisor, Hotels.com et Airbnb, et ses taxis par des Uber ? Et quand on sait que ces firmes s'arrangent pour ne payer qu'un minimum d'impôts en Europe, souvent moitié moins qu'une entreprise locale, comment financera-t-on nos écoles, nos hôpitaux, nos routes et notre police à l'avenir ?

Le 31 janvier 2020, le Royaume-Uni quitta pour de bon l'Union européenne.

Le Brexit était un coup dur pour les multinationales américaines, un vrai cauchemar. La Grande-Bretagne était souvent pour elles le point d'entrée en Europe, à partir duquel elles rediffusaient leurs produits et services dans le reste de l'Union.

Après les « non » français, hollandais et irlandais aux référendums européens, les Anglais reprenaient leur liberté... Partout en Europe, les peuples commençaient à réagir, à ne plus se laisser faire. Si l'immense majorité des gens aimait toujours l'idée de rapprochement et de libre circulation des différents peuples d'Europe, la mondialisation des affaires était quant à elle de plus en plus honnie. Il est vrai qu'on ne comptait plus les études démontrant ses conséquences désastreuses dans plusieurs pays d'Europe sur l'emploi et les salaires.

Christos pensa à son oncle.

Il avait repris l'entreprise familiale de confection de vêtements, en place depuis trois générations. La concurrence avec les multinationales produisant en Extrême-Orient avait rendu la situation intenable : en Grèce, l'oncle payait à ses ouvriers des salaires corrects, des charges sociales élevées qui permettaient de financer le système de protection sociale, il respectait la limite de huit heures de travail par jour, et suivait des normes environnementales contraignantes pour limiter la pollution. Tout ça était le résultat d'un long processus démocratique, de négociations sociales menées dans le pays au fil des décennies. C'était donc pleinement justifié, et cela avait un prix.

En face, les multinationales payaient les ouvriers du Bangladesh une misère, les faisaient bosser jusqu'à douze heures par jour, ne cotisaient à aucun système de sécurité sociale, et polluaient sans vergogne. Avec un coût de production aussi faible, ils pouvaient se permettre d'afficher des prix de vente très bas, casser le marché et rafler la mise.

Poussée par un lobbying intense, l'Europe acceptait qu'on diffuse sur son territoire des produits n'ayant répondu à aucune des normes sociales et environnementales qu'elle-même imposait pourtant à ses propres entreprises…

L'entreprise familiale de l'oncle de Christos n'avait eu aucun moyen de faire face. On ne se battait pas à armes égales. L'oncle se refusant à délocaliser son usine, il avait fini par faire faillite.

Un peu partout, désormais, les peuples commençaient à percevoir les effets pervers d'une mondialisation qui profitait avant tout aux très grandes entreprises. Des gens issus de tous les bords politiques exprimaient leur souhait de privilégier une économie locale, respectueuse des gens et de l'environnement.

Christos était triste à l'idée que, à l'instar des Anglais, d'autres peuples puissent quitter l'Europe, au risque de faire alors voler en éclats ce qui aurait pu être un beau projet s'il avait été développé autour des hommes et non d'un business sans foi ni loi, un projet qui respecte la culture et l'économie de chaque pays plutôt que de les fondre dans un magma à la sauce américaine, vendu aux multinationales.

Les peuples sentaient que leurs pays perdaient

progressivement leur souveraineté, que les décisions se prenaient plus à Bruxelles qu'à Paris, Madrid ou Rome, et pas toujours dans leur intérêt. Partout, on constatait aussi une forte montée des partis réclamant un retour à la souveraineté nationale. C'était souvent des partis d'extrême droite ou d'extrême gauche ayant relativement peu de chances d'accéder au pouvoir, mais leur poussée était telle qu'elle allait obliger les autres partis à prendre en compte la demande des peuples, comme ce fut le cas en Grande-Bretagne.

Dès lors, les multinationales savaient que la mondialisation, terreau de leur insolente prospérité, avait du plomb dans l'aile si la tendance était au retour des souverainetés nationales. À moins que…

Il existait bien une solution, un peu folle et difficile à faire avaler aux peuples… sauf quand les circonstances le permettent. Une solution issue d'une théorie au nom mystérieux : le *trilemme de Rodrik*.

10

Guerre contre la Mort, acte II.

Un jour, presque subitement, le sucre s'invita dans nos esprits et devint le sujet central de nos conversations et de nos préoccupations.

Il avait suffi d'un reportage pour mettre le feu aux poudres, puis tous les médias avaient suivi. Depuis quelques semaines, on ne pouvait plus allumer un écran sans entendre parler des effets dévastateurs du sucre sur la santé. Médusés, nous découvrîmes entre autres que des millions de personnes souffraient de diabète sucré dans notre pays. Le choc fut en proportion de notre méconnaissance du sujet : on apprit que cette maladie endommageait les vaisseaux sanguins au point de causer des crises cardiaques, des accidents vasculaires cérébraux, des maladies du rein, des lésions aux nerfs, des maladies de peau et même des problèmes oculaires. Les diabétiques pouvaient en effet devenir aveugles, souffrir de plaies qui ne guérissaient pas et de problèmes pouvant aller jusqu'à l'amputation d'un orteil, d'un pied, d'une jambe…

À longueur de journée, les images inondèrent les écrans et les esprits, et la peur s'insinua au plus profond de nos âmes.

Au supermarché, je me mis à lire en détail la liste des ingrédients de chaque produit avant de le mettre dans mon Caddie afin de traquer le sucre partout où il se nichait, souvent à notre insu, y compris dans des produits salés. À la maison, dès qu'une envie de chocolat me prenait, c'est-à-dire à peu près toutes les heures, je me retrouvais en proie à un conflit interne insoluble, déchiré entre un désir irrésistible et une peur mortifère.

Lorsque le Président proclama qu'il faisait de la lutte contre le sucre son deuxième cheval de bataille, un grand soulagement se diffusa dans la population. Une innovation technologique actuellement testée permettrait prochainement d'aider chacun à prendre sa santé en main sur ce point et de sauver d'innombrables vies. On en saurait bientôt davantage.

Il n'en fallait pas plus pour créer un immense espoir dans la population, et nous étions tous fébriles quand le ministère de la Santé, quelques semaines plus tard, annonça la nouvelle : il proposait à ceux qui le désiraient l'implantation d'un capteur biométrique : une sorte de puce microscopique qui permettait de mesurer certaines de vos données physiologiques et de calculer votre degré de risque par rapport à la consommation de sucre, en évaluant la façon dont votre organisme réagissait en temps réel. Sa mise en place était simple, ne nécessitait même pas d'anesthésie générale, et son coût serait pris en charge par la Sécurité sociale.

Naturellement, le capteur serait invisible puisque implanté dans notre corps. Relié à une application de notre smartphone, il nous transmettrait les éléments mesurés qu'on avait besoin de connaître pour réajuster notre consommation de sucre. Et si nous avions déjà un diabète, le capteur géolocalisé était même capable de détecter un coma diabétique et de transmettre l'alerte et nos coordonnées géographiques aux services de secours via notre smartphone, pour qu'ils nous viennent en aide en un temps record.

La firme américaine qui l'avait développé évoquait déjà des mises à jour dans les mois et les années suivants afin d'intégrer d'autres mesures pour nous fournir à l'avenir d'autres données cruciales, telles que notre tension artérielle. Avec, là encore, la perspective de pouvoir par exemple sonner l'alarme *avant* qu'un infarctus ne survienne et de nous envoyer les secours en un temps record.

C'était évidemment une innovation technologique et médicale majeure, et j'étais enthousiasmé par ce projet. Je n'étais pas le seul : tout le monde se précipita et le ministère dut établir des priorités en fonction des tranches d'âge. Dès que j'y eus accès, je me portai volontaire.

Les éternels râleurs ne manquèrent pas de protester, d'imaginer que la firme utiliserait nos données de santé pour essayer de nous vendre des médicaments ou je ne sais quoi, et le gouvernement dut rassurer sur la confidentialité des données collectées.

Certains médecins mirent en garde contre des effets néfastes du capteur dont certains composants, en particulier certains métaux, pouvaient selon eux libérer des particules dangereuses. Ils émirent aussi des réserves sur l'impact des ondes émises pour communiquer avec notre smartphone. Mais cela sembla tellement hypothétique et dérisoire en comparaison des bénéfices considérables apportés par cette technologie qu'on ne leur prêta pas trop d'attention.

Naturellement, certains blogs et sites web douteux s'en emparèrent et leur donnèrent la parole. Heureusement, Facebook et YouTube retirèrent rapidement les textes et vidéos.

On ne peut pas laisser dire n'importe quoi au nom de la liberté d'expression.

11

Le *trilemme de Rodrik.*

Au sommet de l'Acropole, Christos s'assit sur un rocher à proximité du Parthénon. Le Parthénon, ce temple antique édifié par la volonté de Périclès qui voulait en faire un symbole du triomphe inévitable de la démocratie sur la barbarie.

C'était le petit matin, le soleil n'était pas encore apparu derrière les lointaines collines, et seul l'horizon se teintait d'une pâle clarté. En contrebas, la ville somnolait encore, engourdie par le sommeil.

Le *trilemme de Rodrik.*

Dani Rodrik est un éminent économiste d'origine turque. Professeur à la prestigieuse université américaine Harvard, conférencier à la London School of Economics, il a reçu en 2002 le célèbre prix Leontief pour l'avancement des limites de la pensée économique. Même s'il est inconnu du grand public, c'est une sommité dans son domaine, et ses analyses sont très écoutées des dirigeants économiques et politiques du monde entier. Il arrive même qu'ils le consultent sur tel ou tel sujet économique, comme l'a fait en France le président Macron en 2021. Bref : ces dirigeants connaissent *forcément* la théorie du *trilemme* qui a fait la réputation de Dani Rodrik dans le milieu économique.

Le *trilemme* est une théorie que Rodrik a formalisée pour la première fois en 2002 pour le National Bureau of Economic Research, avant de la développer et finalement la publier en 2008. Elle est essentielle car elle permet de comprendre l'origine des problèmes qui touchent nos pays : des pays ayant glissé depuis quelques décennies dans une mondialisation accrue, ce que Rodrik appelle l'hypermondialisation.

Le principe est le suivant :

La démocratie s'est développée parallèlement à l'industrialisation, notamment car celle-ci a engendré bon nombre de négociations sur les conditions de travail, le temps de travail, la création d'une sécurité sociale, les normes de sécurité, les normes environnementales : toutes ces règles encadrant le travail ont été négociées au fil du temps pour aboutir à une réglementation qui traduit la volonté des citoyens. C'est la démocratie.

Quand une multinationale fabrique ses produits en Extrême-Orient en ne respectant aucune règle et que cela entraîne en Europe ou ailleurs la faillite d'un fabricant local qui, lui, les respecte, elle sape d'un coup les négociations sociales et environnementales menées au fil des décennies. Les gens sentent bien que ce n'est pas légitime.

La mondialisation ne pourrait fonctionner que si tous les pays adoptaient les mêmes règles supervisées par un gouvernement mondial. Mais, selon Dani Rodrik, ce n'est pas souhaitable : chaque nation a ses propres préférences pour ses institutions et sa réglementation. Les nations ont droit à ces préférences car elles sont le fruit des décisions démocratiques prises à l'intérieur de leurs frontières.

D'où le « trilemme » : Rodrik démontre qu'il est impossible pour une nation d'être en même temps souveraine, mondialisée, et démocratique. Elle peut seulement réunir deux de ces trois éléments, mais jamais les trois ensemble :

- une nation peut être démocratique et souveraine, mais alors elle ne peut pas être mondialisée ;
- elle peut être mondialisée et démocratique, mais alors elle doit abandonner sa souveraineté nationale à un gouvernement mondial ;
- elle peut être souveraine et mondialisée, mais alors il faut qu'elle abandonne la démocratie.

Si l'on veut garder des États souverains, ce qui est souhaitable selon Rodrik, il n'y a donc que deux solutions :

- abandonner la mondialisation ;
- ou abandonner la démocratie.

Abandonner la mondialisation serait le cauchemar des multinationales. Elles œuvrent en permanence pour empêcher ce scénario, et elles peuvent compter sur l'appui de la vaste majorité des dirigeants politiques : la droite par passion pour la compétition internationale ; la gauche pour son désir utopique d'un monde sans frontières. Tous s'activent donc pour maintenir coûte que coûte la mondialisation. Toutes les décisions politiques prises ces dernières décennies le montrent clairement : elles visent même à l'accentuer.

Abandonner la démocratie est donc la résultante qui s'est mise en place progressivement, silencieusement, sournoisement. Cela n'a sans doute pas été acté froidement par une décision formelle. On a juste laissé faire, sachant que c'était dès lors inévitable : la démocratie allait s'évaporer, se dissiper, s'évanouir, remplacée par les règles du marché mondial dictées par les multinationales.

Les dirigeants politiques ne prennent en effet plus en compte la volonté du peuple : ils s'en tiennent aux exigences de la mondialisation. C'est la raison pour laquelle chacun peut constater que les différents partis politiques (à l'exception des extrêmes) ont tous le même programme, à quelques légères nuances près. On ne voit plus guère de différence entre le parti au pouvoir et les partis d'opposition. L'alternance politique ne sert plus à rien. La démocratie succombe aux règles de la mondialisation.

D'ailleurs les électeurs ne s'y trompent pas : voyant que leurs choix ne sont plus pris en compte, ils se détournent de plus en plus des urnes…

Christos vit les premières lueurs de l'aurore apparaître lentement à l'horizon derrière les collines entourant Athènes, diffusant une douce lumière rose sur la ville encore endormie.

Jusque-là, dans les différents pays, tout se déroulait sans heurt…

Puis, au sein des populations, des consciences se sont éveillées, des paroles ont émergé, certains ont refusé la passivité, des manifestations sont apparues, la tension a monté d'un cran, et un léger vent de rébellion a soufflé un peu partout dans les démocraties agonisantes. *Les Indignés* en Espagne et en Grèce, des mouvements similaires au Portugal, en Italie, en Islande et au Royaume-Uni, puis *les Gilets jaunes* en France.

En 2020, Klaus Schwab, le président du Forum de Davos, a prévenu les patrons de multinationales et les dirigeants politiques : il y avait un vrai risque d'embrasement.

Il fallait agir vite avant que la situation ne dégénère…

Les puissants se rejoignaient sur un point : il devenait de plus en plus nécessaire de contrôler le peuple.

Dans une dictature, il suffit de le museler par la force.

Dans le reste du monde, il faut s'y prendre beaucoup plus subtilement, et attendre patiemment l'opportunité que peut représenter un événement d'actualité, afin d'obtenir des gens qu'ils renoncent gentiment à leur liberté et acceptent d'être de plus en plus contrôlés, jusqu'à aboutir à une situation où la démocratie n'est plus…

Une situation à laquelle Rodrik a donné un nom.

La camisole dorée.

12

Au bout de quelques semaines, je ne supportais plus la minerve, même si je me sentais en sécurité en la mettant. J'avais chaud au volant, avec la sensation d'étouffer. Mais c'était pour mon bien, alors je continuais. Et puis, là encore, je n'avais pas le choix : les policiers effectuaient de nombreux contrôles, et l'amende était salée.

L'obligation s'étendait aux passagers des bus et autocars. Il arrivait que la police monte à bord : les personnes sans minerve étaient verbalisées devant tout le monde et obligées de quitter le véhicule sous le regard réprobateur des autres. La honte.

Le pire visait les professionnels de la route : taxis et routiers étaient menacés de voir leur droit d'exercer leur métier suspendu, sans salaire, voire d'être purement et simplement radiés de leur profession en cas de résistance.

Face au nombre de victimes qui ne diminuait guère, le Président annonça un couvre-feu : pour éviter les accidents après les sorties du soir, quand on conduit avec un verre dans le nez, toutes les voitures devaient être au garage à 18 heures.

C'était là encore très contraignant, mais peut-être nécessaire pour notre sécurité.

Les mauvaises langues firent remarquer que les véhicules se retrouvaient tous à la même heure sur la route entre 17 h 30 et 18 heures et que les gens roulaient plus vite pour être rentrés avant 18 heures, ce qui devait fatalement engendrer des accidents. Mais le gouvernement réfuta cet argument : les morts et blessés constatés venaient surtout de conducteurs récalcitrants aux minerves.

Il devait avoir raison.

Petit à petit, ma déprime s'accentua, sans que j'en identifie vraiment la cause : les contraintes vécues étaient juste le prix à payer pour plus de sécurité, et je les acceptais pleinement.

Je me consolais toujours avec du chocolat, mais la peur et la culpabilité m'envahissaient à chaque reportage sur les effets du sucre, c'est-à-dire plusieurs fois par jour.

Un matin, je croisai dans l'entrée de l'immeuble Mme Blanchard, la gardienne.

— Le couvre-feu ne vous empêche pas de visiter votre fils à l'hôpital, j'espère ? lui dis-je.

— Non, mais ça complique encore. C'était déjà pas facile avec les horaires de la loge…

— Oui, je me souviens.

— Mais je me débrouille pour y aller tous les jours. Je lui apporte un rocher au chocolat, il adore ça et ça lui remonte le moral, c'est son petit plaisir. Et moi j'ai besoin de le voir, de le tenir un peu dans mes bras.

Un soir à 20 heures, le Président reprit la parole, devant tout le pays suspendu à son poste de télévision.

Il annonçait enfin le lancement officiel des voitures autonomes, appelées à se généraliser le plus vite possible, dit-il. Elles étaient équipées de capteurs capables d'analyser la route en temps réel et de transmettre les informations au supercalculateur qui pilotait le véhicule. Fini les accidents. Deux constructeurs américains avaient reçu un agrément de l'Union européenne pour commercialiser leurs véhicules. Dans notre pays, il y aurait de fortes subventions pour les particuliers, allant dans certains cas jusqu'à la prise en charge intégrale, pour permettre à tout le monde de les acquérir. Cela pèserait lourd dans le budget de l'État, mais c'était une question vitale de sécurité. On le ferait donc quoi qu'il en coûte.

Je n'en revenais pas à l'idée de pouvoir bientôt me déplacer en voiture tout en faisant des jeux vidéo, en regardant un film ou même en roupillant. Quel confort !

— C'est donc un logiciel qui pourra décider de te laisser en vie ou de te tuer, me dit une amie au téléphone.

— Qu'est-ce que tu racontes !

— Ben oui… Un jour ou l'autre, n'importe quelle voiture peut se retrouver face à un piéton qui déboule au dernier moment sur la chaussée, si bien que c'est impossible de freiner à temps. Si la configuration des lieux est mauvaise, par exemple avec une glissière à gauche de ta voie et le pilier d'un pont à ta droite, alors tu as le choix entre écraser le piéton ou l'éviter en te prenant le pilier de plein fouet.

— Euh… j'imagine que ça peut arriver, en effet…

— Eh bien, si tu es dans une voiture autonome, c'est le logiciel qui fera ce choix pour toi. C'est donc l'ingénieur qui l'aura programmé qui décidera à l'avance ce que doit faire ta voiture, entre écraser le piéton ou te tuer.

Ses propos me glacèrent le sang et j'en restai sans voix.

— Et tu ne sauras sans doute jamais, ajouta-t-elle, quel choix sera programmé dans ta voiture, ni sur la base de quels critères : par exemple, faut-il te sacrifier si le piéton est plus jeune que toi ?… Ce qui est sûr, c'est qu'elle sera programmée pour te tuer *dans certains cas de figure*.

Je raccrochai et m'efforçai de ne plus y penser. De toute façon, il était certain qu'il y aurait globalement moins d'accidents. Cela seul comptait.

Dans les jours qui suivirent, des sceptiques exprimèrent des doutes sur la fiabilité des modèles mis en service : étaient-ils vraiment fiables ou encore en phase expérimentale ? Mais les ministres affirmèrent que la probabilité d'avoir un accident serait de toute façon largement inférieure à bord de ces véhicules que dans les voitures classiques.

D'autres voix s'élevèrent pour réclamer la liberté de choix : conduire était un plaisir, disaient-ils, et ils ne comptaient pas l'abandonner de sitôt. Je fus moi-même assez sensible à cet argument : j'aimais conduire, me sentir maître de mon véhicule, choisir librement mes trajets au gré de mon humeur, et je ne m'imaginais pas céder ma place à une machine qui prendrait tout en charge.

Le Président rassura alors tout le monde : les voitures autonomes ne seraient pas obligatoires, déclara-t-il.

13

Assis sur son bloc de pierre près du Parthénon, Christos assistait encore au lever du soleil. C'était toujours un moment grandiose quand le ciel s'embrasait à l'horizon d'orange puis de jaune et que les premiers rayons dorés réveillaient les couleurs de la ville.

Mais ce matin-là, des millions de nuages moutonneux envahissaient le ciel, et lorsque le soleil s'apprêta à émerger fièrement derrière les collines lointaines, les nuages s'empressèrent de l'étouffer, comme si les dieux de l'Olympe avaient décidé de couvrir la population de millions d'oreillers duveteux pour qu'elle reste endormie.

Pour que la camisole dorée soit acceptée par les peuples de culture démocratique, il est nécessaire de les y préparer.

S'appuyer sur la peur est le meilleur moyen de conduire les gens à renoncer à leurs libertés. « Celui qui contrôle la peur des gens devient le maître de leurs âmes », disait Machiavel. Plus on met les gens dans un état de peur, plus ils acceptent de se soumettre à l'autorité censée les protéger. Et plus on fait durer cet état, plus ils s'habituent à être contrôlés.

Il convient donc de saisir toutes les opportunités qui se présentent dans l'actualité pour instiller des peurs et ainsi rendre le peuple demandeur d'une autorité et d'une fermeté nouvelles. Et lorsque celles-ci se mettent en place, il convient de les maintenir le plus longtemps possible pour habituer les esprits, jusqu'à ce qu'elles semblent normales. Naturelles. La privation de libertés se fait alors au nom de l'intérêt général. Ce que chacun peut bien comprendre. Et accepter.

On obtient ainsi une soumission douce, sans recourir à la violence physique. La violence est bien là, mais elle est seulement morale. Psychologique.

Noam Chomsky disait : « La manipulation est aux démocraties ce que la matraque est aux régimes totalitaires. »

Christos réprima un frisson.

Toute la ville à ses pieds était maintenant recouverte d'une épaisse couche de nuages, comme une chape de plomb.

Il soupira.

La Grèce avait inventé la démocratie. Un bien précieux mais fragile, qui peut s'évaporer sans qu'on y prenne garde. La vigilance est salutaire, pour pouvoir réagir avant qu'il ne soit trop tard…

Si on met une grenouille dans une marmite d'eau bouillante, elle s'en éjecte immédiatement pour sauver sa peau. Mais si on la plonge dans une casserole d'eau froide, elle va s'y plaire. Et si on la fait alors chauffer à feu très doux, la grenouille va nager tranquillement dans l'eau qui se réchauffe lentement. Quand elle réalise ce qui se passe, il est trop tard : elle est déjà cuite.

14

On vit apparaître sur les routes ces nouveaux engins autonomes, au début très minoritaires, puis de plus en plus présents au fil des semaines.

Les médias continuèrent de comptabiliser les accidentés, mettant en cause les voitures classiques. On commença à avoir le sentiment que la sécurité ne serait jamais totale tant que ces dernières resteraient en circulation.

Le ministre de l'Intérieur qualifia leurs conducteurs d'égoïstes, prêts à mettre tout le monde en danger au nom de leur liberté. Je me sentis pointé du doigt… Au fond de moi, je savais qu'il avait raison, et je ne fus pas surpris lorsque, quelques semaines plus tard, il annonça solennellement que ceux qui s'entêteraient à garder leurs voitures classiques n'auraient plus les mêmes droits : interdiction de les utiliser pour se rendre sur les lieux de week-end, de vacances, de sorties. Elles ne resteraient autorisées que pour aller au travail. La mesure fut assortie de menaces de sanctions fortes. La police serait sur le qui-vive.

Je finis donc par changer de voiture, et j'eus un petit pincement au cœur quand je vis ma vieille Peugeot partir à la casse. Plein de bons souvenirs lui étaient associés. Et c'était une page qui se tournait : plus jamais je ne conduirais de voiture...

Quelque temps plus tard, une rumeur se répandit sur la Toile : les programmes des logiciels de pilotage de voitures autonomes comportaient des bugs, et cela engendrait des accidents que l'on taisait : des voitures sortaient sans raison de la route, tombaient dans le fossé ou fonçaient dans le mur.

Certains sites web rappelèrent que l'Union européenne avait accepté de signer une décharge aux deux constructeurs américains de voitures autonomes : en cas d'accidents liés aux logiciels, on renonçait à les poursuivre en justice.

Mais j'en avais marre de cette méfiance malsaine orchestrée par des opposants un peu paranos sur les bords. Il fallait tourner la page et passer à autre chose.

Les témoignages d'accidents se multiplièrent sur Internet. Mais là encore, Facebook et YouTube les supprimèrent, et c'était sans doute mieux ainsi : il ne faut pas laisser les gens raconter n'importe quoi.

Un dimanche, j'évoquai le sujet au téléphone avec Christos.

— C'est religieux, me dit-il.

— Qu'est-ce que tu racontes ?

— La technologie est devenue le nouveau Dieu. De tout temps, nombre de religions ont voulu contrôler ce qu'on disait de Dieu, et elles s'en prenaient à ceux qui exprimaient un désaccord avec leur discours officiel. L'autodafé de livres était un moyen de réduire au silence les pensées divergentes, de les effacer, de faire comme si elles n'avaient jamais existé. D'ailleurs tous les régimes totalitaires depuis plus de quinze siècles ont aussi effectué des autodafés : on brûlait les livres qui dérangeaient. Aujourd'hui, on efface les pages Facebook ou YouTube : le principe est le même, c'est pareil…

Quelques mois plus tard, comme on avait toujours autant d'accidents de la route, le Président mit explicitement en cause les irréductibles conducteurs de voitures classiques qu'il qualifia d'irresponsables. À cause d'eux, il fallait maintenir l'obligation de porter la minerve dans toutes les voitures.

À partir de là, les possesseurs de voitures autonomes se mirent à détester les autres. Le sujet devint de plus en plus clivant dans la population. On assistait à des disputes entre amis, et même au sein des familles.

J'en voulus moi-même beaucoup à ceux de mes proches qui refusaient obstinément de passer à la voiture autonome au nom d'une prétendue liberté de choix. Je les voyais s'arc-bouter sur leur position, refusant bêtement le progrès technologique. Certains d'entre eux participaient même à des *manifestations pour la liberté*. Cela me semblait une résistance mal placée. Très vite, je ne supportai plus leur attitude ; je décidai de cesser de les voir. Mieux vaut être seul que mal accompagné, disait toujours ma mère.

Pourtant, me retrouver coupé des gens qui avaient compté pour moi finit par peser sur mon moral ; cela alimentait le vague à l'âme qui m'habitait depuis de longs mois.

Un soir à la tombée de la nuit, je pris mon téléphone pour un petit coup de fil à Christos.

Le son de sa voix joyeuse me réchauffa tout de suite le cœur.

— J'ai repensé, lui dis-je, à ce que tu as évoqué un jour au téléphone, il y a quelques mois. Tu disais que faire la guerre à la Mort revenait à sacrifier la vie.

— J'ai dit ça, moi ? fit-il en ricanant. Je devais avoir un peu trop bu…

— Oui, oui, tu l'as dit ! Tu peux m'en dire un peu plus ?

Je l'entendis prendre une profonde inspiration.

— Eh bien… Je crois qu'on ne peut pas bien vivre si on a tout le temps peur de la mort. Tu vois, dans le dernier chapitre des *Essais*, Montaigne confie vouloir que la mort le trouve plantant ses choux ! Il entendait par là qu'il voulait vivre comme si la mort n'était pas son affaire, comme si elle ne le concernait pas.

— Mouais… C'est un peu se mettre la tête dans le sable, non ?

— Oui et non. Lucrèce disait que la mort n'est rien pour nous dans la mesure où quand on est vivant, on est vivant, et quand on est mort, on n'est plus là pour regretter la vie. Donc, en fait, ça ne sert à rien de s'en faire, tu vois ?

— Oui, c'est juste. Mais ça n'empêche pas qu'on ait envie que ça dure le plus longtemps possible, non ? Donc, qu'on ait peur que ça s'arrête !

— Certes. Mais tout dépend de ta croyance dans ce qu'il y a ou pas *après*. Moi, j'ai plutôt une vision platonicienne : je crois que la mort n'est rien d'autre que la séparation de l'âme et du corps. Pour moi, il n'y a que le corps qui meurt, et donc la vie ne s'arrête pas à la mort. Platon disait que le corps n'est que le tombeau de l'âme.

— Mouais. Mais pour moi, ce n'est pas facile d'y croire…

Christos soupira.

— Dans ce cas, adopte l'art de vivre épicurien : profite de la vie tant que tu es vivant en savourant chaque instant à sa juste valeur. Dans sa *Lettre à Ménécée*, Épicure dit que « Le sage ne craint pas la mort ; [...] De même que ce n'est pas l'abondance des mets mais leur qualité qui nous plaît, de même ce n'est pas la longueur de la vie mais son charme qui nous plaît ».

Quand je raccrochai, j'étais un peu perplexe. Les idées des philosophes avaient un vague écho en moi, j'en percevais la valeur…

N'empêche que je n'avais pas envie de mourir trop vite.

15

Christos s'assit sur le rebord de sa fenêtre grande ouverte, un verre d'ouzo à la main. C'était l'heure du déjeuner et il y avait foule dans la ruelle ensoleillée. Devant la terrasse d'un restaurant un peu plus bas, un petit groupe de musiciens jouait devant les touristes attablés, accompagné de danseurs de sirtaki, en feignant de perpétuer une tradition grecque ancestrale. Le sirtaki avait été créé de toutes pièces pour les besoins d'un film gréco-américain, *Zorba le Grec*, et depuis, le monde entier croyait en son authenticité. Certains Grecs avaient eux-mêmes fini par le penser. La capacité d'influence des Américains est sans limites.

Christos repensa à Tom, désemparé. Son ami n'allait pas bien et il ne savait plus quoi tenter pour le réveiller, le convaincre de l'anormalité de la situation, lui faire prendre conscience de cette dérive malsaine d'un système qui l'asservissait sans qu'il s'en rende compte. Comment faire ?

Le mieux serait naturellement qu'il lise lui-même Bernays, Chomsky, Zuboff, Asch, Saroglou, Swertvaegher et toutes les analyses rigoureuses menées par des sociologues, des linguistes et des spécialistes de psychologie sociale. Mais Christos ne se faisait pas d'illusions : Tom était ingénieur, et il lui avait déjà confié dans le passé avoir peu d'intérêt pour les sciences humaines : *des sciences molles*, disait-il. Alors de là à en lire des milliers de pages, il ne fallait pas rêver. D'ailleurs, Christos lui-même lirait-il des traités de mécanique des fluides ou de physique des particules si Tom le lui conseillait ? Bien sûr que non, évidemment ! Chacun sa spécialité, et chacun ses centres d'intérêt.

Alors que faire ?

Il but une gorgée d'ouzo et regarda les gens passer nonchalamment dans la rue en contrebas. Une odeur de souvlákis grillés flottait dans l'air, qui lui mit l'eau à la bouche. Il aimait son quartier, l'un des plus vieux d'Athènes, et l'un des plus vivants aussi.

Christos laissa son esprit voguer tandis que son regard balayait la rue et ses passants insouciants bercés par la musique des danseurs de Sirtaki.

Soudain, une idée jaillit dans son esprit comme le champagne d'une bouteille qu'on aurait secouée avant de libérer le bouchon :

Et s'il écrivait lui-même un petit inventaire des outils de manipulation utilisés dans cette affaire ? Non pas un traité avec de longues analyses rébarbatives, mais juste une liste des techniques d'influence, rapide à lire, ne serait-ce que par curiosité. Il le remettrait à Tom une fois fini. Si ça n'excédait pas une dizaine de pages, peut-être aurait-il malgré tout envie d'y jeter un coup d'œil ? Et quand il aurait fait le lien, point par point, avec ce qui se passait dans son pays depuis quelques mois, peut-être le donnerait-il à lire autour de lui à ses amis, qui eux-mêmes le transmettraient à d'autres ? Si l'information se répandait dans son pays, peut-être sauraient-ils sortir de ce piège infernal ?

Christos inspira profondément. Bon, ça allait lui prendre du temps, forcément, ça allait rogner sur son temps libre, mais n'était-ce pas son devoir de le faire ? « C'est la responsabilité des intellectuels de dire la vérité et de dévoiler les mensonges », disait Chomsky.

Il fallait amener Tom à percevoir la nature de ce qu'il subissait depuis quelques mois. Qu'il réalise que c'était normal de déprimer dans un tel contexte.

Christos se leva d'un bond et marcha de long en large dans la pièce.

Par où commencer ?

Il se souvint alors du travail de recherche mené par un sociologue américain, qui l'avait interpellé à l'époque où il était étudiant. Ce scientifique avait répertorié et analysé les tortures psychologiques subies par les prisonniers de guerre américains aux mains des communistes chinois pendant la guerre de Corée : les procédés utilisés pour les affaiblir psychologiquement afin d'obtenir qu'ils se soumettent à leurs geôliers. On pouvait ensuite leur demander n'importe quoi, notamment de révéler les informations secrètes qu'ils détenaient.

Aussi incroyable que ça puisse paraître, Christos y voyait un lien très net avec ce que vivait Tom.

Mais comment remettre la main sur ce rapport ? Il ne se souvenait même plus du nom du sociologue… Peut-être Bergmann… ou Belmann… quelque chose comme ça.

Il pianota sur Internet… en vain. Impossible de le retrouver sans son nom. Il réfléchit quelques secondes, puis se décida.

Il dévala l'escalier du petit immeuble et s'élança dans la rue. Chez sa mère, il retrouverait ses cours de fac américaine, et là, en un rien de temps, il remettrait la main sur ce fameux rapport.

Il descendit la rue, prit la première à droite. Sa vieille décapotable italienne était garée à contresens, la capote ouverte. Il sauta à bord et démarra en trombe, cheveux au vent, faisant vrombir le moteur. Sa mère habitait de l'autre côté de l'Acropole, près de l'église Saint-Nicolas, au sud de la colline de Philopappos. Il y serait rapidement.

Sa mère n'était pas là, mais il trouva la porte de la petite maison blanche ouverte, comme d'habitude. À l'intérieur, ça sentait bon le thym et l'origan, dont elle était fan et qu'elle utilisait tout le temps en cuisine.

Christos monta deux à deux les marches vers son ancienne chambre. Le vieil escalier de bois peint en blanc craqua sous ses pieds.

Dans sa chambre, tout était comme il l'avait laissé en quittant la maison quinze ans plus tôt. Sa mère n'avait pas tourné la page ; la pièce était devenue un musée. Même l'odeur qui flottait dans l'air était encore celle de son enfance.

Christos mit une bonne demi-heure à fouiller dans ses dossiers avant de remettre la main sur la copie du fameux rapport. Et quand, enfin, il la tint entre ses mains, il soupira de satisfaction et se laissa tomber sur son ancien lit dont les ressorts gémirent mélancoliquement.

Le sociologue s'appelait Biderman. Albert D. Biderman. Le rapport était intitulé *Communist Techniques of Coercive Interrogation*, publié par le Air Force Personnel & Training Center, de la Lackland Air Force Base, San Antonio, Texas. Il faisait dix-huit pages. Un feuillet séparé récapitulait les méthodes employées par les tortionnaires chinois. Ce document, par la suite diffusé sous le nom de « charte de Biderman », avait été reconnu par Amnesty International comme décrivant « les outils universels de la torture et de la coercition ».

Des années et des années plus tard, les Américains avaient à leur tour utilisé ces méthodes à l'encontre des prisonniers du camp de Guantanamo, en 2002.

Chart I.—COMMUNIST COERCIVE METHODS FOR ELICITING INDIVIDUAL COMPLIANCE

General Method	*Effects (Purposes?)*	*Variants*
1. Isolation	Deprives Victim of all Social Support of his Ability to Resist Develops an Intense Concern with Self Makes Victim Dependent on Interrogator	Complete Solitary Confinement Complete Isolation Semi-Isolation Group Isolation
2. Monopolization of Perception	Fixes Attention upon Immediate Predicament; Fosters Introspection Eliminates Stimuli Competing with those Controlled by Captor Frustrates all Actions not Consistent with Compliance	Physical Isolation Darkness or Bright Light Barren Environment Restricted Movement Monotonous Food
3. Induced Debilitation; Exhaustion	Weakens Mental and Physical Ability to Resist	Semi-Starvation Exposure Exploitation of Wounds; Induced Illness Sleep Deprivation Prolonged Constraint Prolonged Interrogation or Forced Writing Over Exertion

4. Threats	Cultivates Anxiety and Despair	Threats of Death Threats of Non-repatriation Threats of Endless Isolation and Interrogation Vague Threats Threats Against Family Mysterious Changes of Treatment
5. Occasional Indulgences	Provides Positive Motivation for Compliance Hinders Adjustment to Deprivation	Occasional Favors Fluctuations of Interrogator's Attitudes Promises Rewards for Partial Compliance Tantalizing
6. Demonstrating "Omnipotence" and "Omniscience"	Suggests Futility of Resistance	Confrontations Pretending Cooperation Taken for Granted Demonstrating Complete Control over Victim's Fate
7. Degradation	Makes Costs of Resistance Appear More Damaging to Self-Esteem than Capitulation Reduces Prisoner to "Animal Level" Concerns	Personal Hygiene Prevented Filthy, Infested Surroundings Demeaning Punishments Insults and Taunts Denial of Privacy
8. Enforcing Trivial Demands	Develops Habit of Compliance	Forced Writing Enforcement of Minute Rules

Une demi-heure plus tard, Christos était de retour chez lui. Attablé devant son ordinateur, il ouvrit un nouveau document, tapa le titre de son futur ouvrage, puis commença par la traduction de la charte.

Bien sûr, ce que vivait Tom n'était en rien comparable *en intensité* avec ce qu'avaient subi ces soldats américains prisonniers des Chinois. En revanche, la *nature* des épreuves vécues était identique. La similitude ne pouvait pas être fortuite.

Inventaire d'outils de manipulation des masses

par Christos Anastopoulos

CHARTE DE BIDERMAN

Isolement

– *Prive la victime de tout soutien social dans sa capacité à résister.*

– *Développe chez la victime une préoccupation intense d'elle-même.*

– *Rend la victime dépendante de l'autorité.*

Variantes : confinement solitaire total ; isolement complet ; semi-isolement ; isolement de groupe.

C'était exactement ce qu'avait vécu Tom. Obligé de rester chez lui, en télétravail, il ne voyait presque plus ses amis, ses proches, ses collègues, et devait se conformer aux règles dictées par le gouvernement. L'isolement l'avait laissé seul avec lui-même, il l'avait fragilisé et rendu dépendant de la décision gouvernementale d'y mettre fin.

Christos se souvenait des mots de Chomsky dans l'un de ses livres, *Comprendre le pouvoir* : « Toute l'histoire du contrôle sur le peuple se résume à cela : isoler les gens les uns des autres, parce que si on peut les maintenir isolés assez longtemps, on peut leur faire croire n'importe quoi. »

Monopolisation de la perception

– *Fixe l'attention sur la situation difficile immédiate.*
– *Pousse à l'introspection.*
– *Élimine les informations divergentes de celles contrôlées par l'autorité.*
– *Empêche toute action non conforme à la norme dictée.*

Depuis six mois, Tom était abreuvé par les médias de la même information qui tournait en boucle : les morts et les blessés sur la route ; le même sujet qui monopolisait l'attention de tout le monde. Cela accaparait tellement son esprit en alimentant sa peur au quotidien qu'il vivait dans l'espoir d'une solution, la solution qui serait apportée par les autorités. Cette monopolisation de sa perception l'empêchait de prendre du recul sur les événements, de les remettre en question, de considérer d'autres options que celles imposées par le pouvoir.

Induction de débilitation

– *Affaiblit les capacités mentales et physiques de résistance.*

Variantes : contraintes prolongées ; écriture forcée [...]

Le confinement de Tom avait duré trois mois, trois longs mois pendant lesquels il était forcé d'écrire plusieurs fois par jour une attestation débilitante, sans queue ni tête, totalement injustifiée. L'obligation de se soumettre à cette écriture forcée au motif absurde affaiblissait sa capacité de résistance, sa capacité de rébellion : elle conditionnait son esprit à agir sans se poser de questions.

Menaces

– *Cultivent l'anxiété et le désespoir.*

Variantes : [...] menaces vagues ; mystérieux changements de traitement...

Chez Tom, les menaces de sanctions étaient sans cesse rappelées par les médias : le montant très élevé des amendes pour tous ceux qui ne respecteraient pas les règles absurdes imposées. L'anxiété et le découragement étaient soigneusement cultivés par les changements de traitements dénués de sens : les minerves étaient d'abord interdites, puis obligatoires au volant, puis il y eut un confinement, puis un déconfinement, puis un couvre-feu… Ces changements de règles intempestifs, toujours assortis de menaces de sanction, visaient à désorienter l'esprit, l'asservir ; engendrer une forme de capitulation.

Indulgences occasionnelles
– *Encouragent l'obéissance en lui donnant une motivation positive.*
– *Empêchent de s'adapter à la privation.*
Variantes : faveurs occasionnelles, promesses, récompenses de l'obéissance, mises en appétit.

La levée provisoire du confinement avant son retour sous la forme d'un couvre-feu était typique de ces indulgences occasionnelles qui visent à asseoir l'autorité : cela pousse à s'en remettre aux dirigeants car ils prouvent leur pouvoir en montrant qu'ils ont la capacité de souffler le chaud comme le froid, de restituer un peu de liberté puis de la confisquer à nouveau.

Démonstrations de puissance
– Suggèrent la futilité de la résistance.
Variantes : confrontations, prétendre que la coopération va de soi, démontrer un contrôle total du sort de la victime.

Les contrôles de police intempestifs, les procès-verbaux dressés, les menaces de radiation pour les professionnels de la route forçaient les gens à courber l'échine et s'incliner devant l'autorité. Et l'on rappelait sans cesse que la plupart des gens se pliaient aux règles, *prétendant que la coopération allait de soi.*

Humiliation
– Rend la résistance plus destructrice de l'estime de soi que la soumission.
Variantes : punitions humiliantes, [...] railleries.

La police faisait des descentes dans les bus et autocars pour contrôler les passagers. Ceux en infraction étaient verbalisés en public et obligés de quitter le véhicule sous le regard réprobateur des autres.

Le responsable d'une fédération de routiers avait averti du risque bien réel pour les conducteurs d'être gênés par leur minerve pour tourner la tête afin de voir s'il n'y avait pas un véhicule dans l'angle mort avant de déboîter. Il avait été raillé par un ministre qui l'avait traité de sénile. La raillerie avait été reprise en boucle par les médias. Le pauvre homme, jusque-là très respecté, se retrouvait profondément humilié devant tout le monde. À partir de là, ses confrères s'étaient bien gardés de s'exprimer : ils s'étaient silencieusement soumis aux mesures.

Le Président aussi avait montré du doigt ceux qui refusaient de passer à la voiture autonome. Il les avait traités d'irresponsables et d'égoïstes. Dès lors, la résistance devenait honteuse, plus dure à vivre que la soumission…

Faire respecter des exigences dénuées de sens
– Développe l'habitude d'obéir.
<u>Variantes</u> : écriture forcée ; impératifs de minutage.

L'attestation que Tom avait été obligé de remplir à chaque sortie devait comporter chaque fois l'heure précise de départ. *Impératif de minutage…*

Pendant trois mois, il avait dû le faire, jour après jour. Après quatre-vingt-dix jours à répéter quotidiennement cet acte dénué de sens, il était conditionné à suivre malgré lui n'importe quelle exigence des autorités…

Christos se laissa retomber en arrière sur sa chaise. Il était effondré.

Ça allait au-delà de ce qu'il avait perçu.

Tout y était.

Tout.

Il n'avait même pas réalisé à quel point on avait appliqué à la lettre ces techniques destinées à soumettre les prisonniers.

On les avait sciemment utilisées pour modeler l'esprit de son ami, pour le préparer à accepter n'importe quoi. Personne n'aurait pu résister. Pas même l'ingénieur qu'il était.

16

Guerre contre la Mort, acte III.

Le gouvernement annonça la suppression des payements en espèces. L'argent en liquide est la monnaie du crime, déclara le Président. En interdisant les espèces, on supprime d'un coup de baguette magique le trafic de drogue, le vol, le proxénétisme, et tous les crimes crapuleux.

La mesure était à effet quasi immédiat. Le gouvernement partait du principe que tout le monde utilisait déjà au moins une carte bancaire et un chéquier ; il suffisait de venir déposer toutes ses espèces à la banque qui créditerait votre compte.

Cela me sembla une bonne mesure et je me demandais même pourquoi personne n'y avait pensé plus tôt. Les délinquants ne pourraient plus rien revendre sous le manteau ; ils se retrouvaient coincés. Nous allions enfin pouvoir être en sécurité, sans vivre dans la crainte de nous faire voler ou cambrioler notre argent ou nos affaires.

Quelques mauvaises langues dirent que le but caché était d'empêcher les petits restaurateurs et artisans d'arrondir leurs fins de mois en faisant du black. Encore un procès d'intention, gratuit et dérisoire. De toute façon, je n'étais pas concerné : mon activité ne me permettait pas ce genre de choses, alors je n'avais rien à perdre.

J'eus malgré tout un petit pincement au cœur en déposant au guichet de ma banque mes dernières pièces de monnaie finement gravées et mes derniers billets savamment imprimés avec de jolies figures en filigrane.

Je me souvenais quand j'avais, enfant, reçu mon premier argent de poche, des piécettes que je rangeais soigneusement dans une jolie tirelire en forme d'éléphant, que j'avais réalisée de mes propres mains à l'atelier de poterie de l'école maternelle. Toute ma vie, j'avais ensuite manipulé chez les commerçants des pièces et des billets, et j'avais toujours ressenti plus de satisfaction à avoir une petite liasse de billets dans mon portefeuille que d'en connaître juste le montant sur mon compte en banque.

Certes, depuis la dernière épidémie, quelques années plus tôt, j'avais pris l'habitude de régler presque tout par carte bancaire, mais ça me faisait quand même bizarre de penser que pièces et billets allaient disparaître à tout jamais.

L'employé de banque me remit un reçu et me

rendit la carte d'identité que je lui avais présentée. Une nouvelle carte aux normes européennes, avec des données biométriques telles que mes empreintes digitales et ma photo, stockées quelque part au ministère de l'Intérieur. Je n'avais pas trop aimé l'idée d'être fiché, mais on n'avait pas le choix : c'était désormais obligatoire depuis août 2021.

Les Anglais, eux, s'étaient opposés à la carte d'identité que les autorités avaient voulu mettre en place. Ils en avaient refusé le principe même, y compris pour une carte ordinaire sans fichage biométrique. Ils voulaient rester libres d'aller et venir sans avoir de comptes à rendre sur leur identité.

En quittant la banque, je vis de gros nuages noirs s'amonceler dans le ciel de fin d'après-midi. En rentrant chez moi, je croisai Mme Blanchard qui sortait de la chocolaterie.

— Comment va votre fils ? lui demandai-je.

Sa mine défaite répondit pour elle.

— Je m'en vais lui rendre visite, dit-elle en me montrant le mini-sachet de chocolats qu'elle venait d'acheter.

J'acquiesçai en m'efforçant de lui faire sentir ma compassion.

Elle ajouta, comme pour se justifier :

— Je sais que le sucre n'est pas bon pour lui, mais vous savez, au point où il en est…

Elle haussa tristement les épaules avant d'ajouter :

— C'est son seul petit plaisir, alors je ne peux pas le lui refuser, voyez…

— Vous avez bien raison, m'empressai-je d'ajouter.

J'eus tout juste le temps d'arriver à la maison avant que l'orage ne se mette à tonner. Des éclairs zébrèrent le ciel et peu de temps après une pluie torrentielle s'abattit sur la ville. Je l'entendis crépiter sur le zinc entourant ma fenêtre.

J'allumai la télévision et me rendis à la cuisine pour me préparer un thé, tout en écoutant les news d'une oreille distraite.

La nouvelle me glaça le sang et je me précipitai dans le salon, ma cuillère à thé à la main.

Des hackers avaient réussi à pénétrer le système de pilotage des voitures autonomes et ils modifiaient la trajectoire de certaines d'entre elles, choisies au hasard, pour les envoyer dans le décor. On en était à douze victimes et les hackers menaçaient d'intensifier l'attaque si on ne leur versait pas une rançon de quarante millions d'euros.

Le ministre de l'Intérieur disait que les fabricants américains du système de pilotage étaient sur les dents, une équipe d'informaticiens de choc mobilisée sur le dossier jour et nuit jusqu'à repérer la faille.

Un micro-trottoir à la sortie des bureaux montra des gens paniqués qui déclaraient ne plus vouloir monter à bord de leur voiture autonome.

Puis la télé enchaîna sur le sujet favori de ces dernières semaines, le sucre, et un journaliste présenta l'estimation de son coût pour la collectivité, en prenant en compte les consultations liées aux diabètes, les traitements, mais aussi les interventions du Samu et des pompiers pour les comas diabétiques, les frais d'ambulance, d'hospitalisation, le coût des arrêts maladie… Tout était détaillé, et la somme globale était juste monumentale. Le journaliste rappela le déficit abyssal de la Sécurité sociale, sa dette colossale, et la menace de faillite fut même évoquée.

Dans les jours qui suivirent, les reportages s'enchaînèrent, semant la préoccupation puis l'inquiétude dans les esprits. Au bout d'une semaine, la question était sur toutes les lèvres, et aussi sur les miennes : puisque nous disposions dorénavant de ce fameux capteur biométrique permettant d'anticiper tous ces problèmes, pourquoi ne pas le généraliser dans la population ?

Le ministre de la Santé ne tarda pas à aller dans ce sens : il fallait prendre le problème à bras-le-corps, disait-il, et il n'y avait aucune raison pour que les gens ayant accepté l'implantation du capteur financent éternellement les dépenses de santé de ceux qui s'en exonéraient.

Alors pour sauver la Sécurité sociale, les produits sucrés seraient désormais réservés aux détenteurs d'un certificat d'implantation. À l'exception des policiers qui en étaient exemptés, il faudrait désormais présenter ce certificat avant tout achat de pâtisseries, glaces, sodas, et autres confiseries. Les commerçants ainsi que les restaurateurs auraient l'obligation de vérifier le certificat, et le respect de cette procédure serait soumis à un contrôle régulier de la police.

Cette mesure me sembla juste. Je ne voyais vraiment pas pourquoi j'aurais continué de payer pour tous ceux qui refusaient le progrès technologique. Le capteur était invisible, sa pose, indolore, et il nous permettait de surveiller étroitement notre santé. C'était pour notre bien. S'en priver était juste ridicule.

Il y eut bien sûr tout un cortège de récalcitrants, qui manifestèrent chaque samedi au nom de leur liberté. Toujours la même litanie. Mais c'était évident qu'ils finiraient par céder. D'ailleurs on vit rapidement des descentes de police dans les restaurants, à l'heure du dessert, pour contrôler les certificats. Même chose à la sortie des glaciers et des pâtisseries. De quoi calmer les derniers irréductibles ; la gourmandise aurait tôt ou tard raison de leur obstination !

C'était à cause de ces gens-là que la Sécurité sociale accusait des déficits monstrueux, comme nous l'expliquèrent les ministres invités dans les journaux télévisés. Leurs réticences allaient conduire à la faillite du système. C'est fou ce qu'il pouvait y avoir comme individus irresponsables…

Les quelques rares médecins qui s'étaient exprimés dans le passé pour évoquer les risques pour la santé de ces capteurs implantés dans le corps prirent de nouveau la parole pour demander l'application du principe de précaution : on manquait de recul sur ces avancées technologiques et leur impact sur le corps humain, il fallait lancer des études préalables plus approfondies.

Le ministre de la Santé balaya l'argument : il y a toujours, dit-il, des gens pour refuser le progrès, qui voudraient soigner les maladies avec des saignées comme du temps de Molière !

Cela calma tout net les récalcitrants, qui n'osèrent plus nous embêter avec leurs craintes d'arrière-garde.

Ma propre voisine m'avoua malgré tout avoir refusé de se faire implanter le capteur, avec des arguments abracadabrants qui m'horripilèrent. Ce jour-là, elle m'agaça beaucoup : elle faisait partie de ces gens qui étaient en train de couler le système ! Désormais, je ne la voyais plus du même œil, et je l'évitais quand je l'apercevais au loin dans la cage d'escalier. Plus aucune envie de lui parler.

Certains imaginèrent aussi que nos achats de produits sucrés seraient un jour conditionnés à un feu vert du capteur, en fonction de notre santé. Il y a vraiment des paranos prompts à se faire des films catastrophe ! De toute façon, ça m'était égal : à part ma petite faiblesse pour le chocolat, j'étais plus bec salé. Bref, je n'étais guère concerné.

Le gouvernement lança une vaste campagne de

communication dans les médias pour inciter à l'adoption du capteur biométrique, avec un slogan :

Avec chaque capteur implanté
c'est la liberté retrouvée

Un jour, en me rendant au bureau dans ma voiture autonome, je réalisai que mes destinations étaient enregistrées dans le système de pilotage centralisé qui gérait en temps réel les déplacements de centaines de milliers de véhicules. Les gestionnaires du système connaissaient donc tous mes mouvements. L'idée me dérangea quelque part, comme si j'étais en permanence suivi… Et puis je me mis à penser à autre chose. De toute façon, ça m'était égal : je n'avais rien à me reprocher.

17

Christos raccrocha le téléphone.

Les dernières mesures que Tom venait de lui rapporter ne comportaient pas de techniques d'influence issues de la charte de Biderman. Mais elles étaient néanmoins clairement identifiables.

Il n'avait rien osé dire à Tom qui ne l'aurait pas écouté. De toute façon, c'était préférable qu'il comprenne l'intégralité de la situation à la lecture de son petit inventaire. Alors il se remit à son ordinateur et tapa la suite.

Inventaire d'outils de manipulation des masses (suite)

par Christos Anastopoulos

Émettre des injonctions paradoxales

Une injonction paradoxale est un ordre qui induit un résultat totalement contraire à ce qu'il semble annoncer.

Exemples :

- *L'ordre « Sois spontané » enferme celui à qui il est destiné dans un choix impossible : s'il obéit à l'ordre en s'efforçant d'être spontané, il sera donc tout sauf spontané puisque son attitude ne sera que le résultat de son obéissance... Si, à l'inverse, il refuse d'obéir à l'ordre, alors il fera preuve d'une spontanéité... qui correspond à l'ordre qui lui était donné, faisant donc de lui un obéissant malgré lui.*
- *Promettre la liberté à ceux qui se soumettront : « Faites ceci et cela vous rendra libres ! » L'ordre fait croire que la liberté s'obtient par... l'obéissance à cet ordre.*

Effets :

L'injonction paradoxale sème inconsciemment le trouble et court-circuite le libre arbitre de l'individu, le poussant à abandonner tout jugement critique. Elle empêche le sujet de faire des choix selon son désir. Gregory Bateson et son équipe de psychologues de l'École de Palo Alto ont démontré que les injonctions paradoxales engendraient des maladies mentales telles que la schizophrénie.

Caricaturer la position des résistants

Il s'agit de tourner en dérision la position des résistants afin de les décrédibiliser.

- *Empêcher le peuple d'écouter les propos en rendant ceux-ci totalement ridicules à ses yeux.*

Exemple :

Si certains expriment des doutes sur les dangers d'une nouvelle technologie, les accuser de « vouloir retourner à l'éclairage à la bougie ».

Effet :

Permet d'éviter de devoir apporter des réponses sur le fond. Empêche tout débat.

Instaurer des clivages

- *Diviser la population en flattant les consentants qui acceptent de suivre les consignes et en désignant les résistants comme responsables de la situation.*
- *Imputer aux résistants la responsabilité de la perte de liberté des consentants.*
- *Induire de la colère chez les consentants pour pousser la population à rejeter les résistants : ils se retrouveront naturellement conspués, exclus,*

marginalisés. Les mesures coercitives qui seront en fin de compte prises à leur égard seront alors applaudies par les autres.

18

Devant l'explosion du nombre de dépressions et de maladies mentales dans le pays, le gouvernement dut décider la prise en charge de séances de psychothérapie par la Sécurité sociale. Oserais-je franchir le pas ? Cela faisait de longs mois que je me sentais sujet à la déprime… Il faut dire aussi que je m'étais fâché avec la moitié de ma famille et un bon tiers de mes amis à cause des événements, sur lesquels nous n'étions pas du tout d'accord. Du coup, je me sentais un peu plus seul qu'avant, je m'étais éloigné de proches sur qui je pouvais jusque-là compter. Des gens que j'avais aimés. Ce n'est pas anodin, de tourner le dos à des proches, et j'en étais très affecté.

Il faut dire que c'était agaçant de voir des gens refuser le progrès et vouloir qu'on se passe d'avancées technologiques qui permettaient de sauver des vies, et accessoirement le système de santé.

Même la gardienne de l'immeuble, Mme Blanchard, pour laquelle j'avais toujours eu beaucoup de respect, refusait le capteur biométrique. Tout ça pour des peurs injustifiées.

Quand j'avais essayé de la raisonner, elle avait évoqué les voitures autonomes, dont on avait affirmé qu'elles étaient fiables, et qui avaient pourtant envoyé pas mal de gens dans le décor.

— C'est la faute de hackers, les constructeurs n'y sont pour rien, avais-je répondu. Et puis ça a cessé.

Le bruit courait que le gouvernement avait payé les rançons exigées.

— Jusqu'à la prochaine fois, avait-elle dit.

On ne peut pas convaincre quelqu'un qui a déjà des idées bien arrêtées…

Heureusement, la plupart des gens suivaient les mesures gouvernementales. On en était à 65 % de voitures autonomes, et près de 80 % des gens s'étaient fait implanter le fameux capteur.

La campagne de sensibilisation se poursuivait. La dernière affiche en date était simple, et assez touchante parce que le slogan était écrit à la première personne avec une typographie rappelant l'écriture manuscrite d'un petit enfant :

Je me fais implanter.
Je suis en sécurité !

En écoutant la radio un matin, j'entendis un ministre répondre aux questions des auditeurs après son interview. L'un d'entre eux demanda quand serait levée l'obligation de porter la minerve au volant pour les conducteurs.

— Cela dépendra de vos efforts, répondit-il.

Je me pris à espérer que tout le monde ferait comme moi l'effort de passer à la voiture autonome afin qu'on en finisse avec ces contraintes. Étonnamment, le ton employé par le ministre me rappela un souvenir lointain, très lointain. Il me fallut un bout de temps avant de retrouver de quoi il s'agissait : c'était dans mon enfance, quand l'institutrice avait dit à la classe qu'on aurait droit à des bonbons si on poursuivait nos efforts…

C'est drôle comme une simple expression, ou les inflexions de la voix qui la formule, peut vous ramener des années en arrière et vous faire revivre les sentiments de votre enfance.

C'est dans ce contexte encore morose que le gouvernement annonça une bonne nouvelle. De quoi donner du baume au cœur à tout le monde : il mettait en place le revenu universel. Cela faisait des années qu'on en parlait sans jamais passer le cap. Cette fois, c'était bon, on allait y avoir droit, et c'était franchement réjouissant. Complément de revenus pour les bas salaires, revenu tout court pour ceux qui n'en avaient pas : rien que du bonus !

19

Inventaire d'outils de manipulation des masses (suite)

par Christos Anastopoulos

Infantiliser les gens

– *S'adresser aux personnes comme à des enfants en bas âge.*
– *Utiliser des mots et des attitudes caractéristiques d'un parent surprotecteur.*

Effets :

– *Permet de désamorcer le sens critique des individus.*
– *Contribue à dissoudre leurs résistances.*
– *Pousse à l'obéissance.*

Christos se souvenait de paroles de Chomsky qui l'avaient fait longuement réfléchir : « Le monde ne récompense pas l'honnêteté et l'indépendance, il récompense l'obéissance et la servilité. »

Le revenu universel était typique de ces aides devenues nécessaires pour compenser les effets délétères de la mondialisation, et qui en même temps rendent les citoyens dépendants de l'État et du bon vouloir de ses dirigeants.

La mondialisation, par une compétition déloyale, détruit des emplois et tire à la baisse les salaires, fragilisant beaucoup de gens.

Pour vivre correctement, il faudrait des salaires plus élevés mais la mondialisation l'empêche, en mettant les salariés locaux en concurrence avec d'autres payés vingt fois moins cher à l'autre bout du monde : si on augmentait les salaires tout en laissant les entreprises locales dans cette compétition mondialisée, elles seraient en effet condamnées à la faillite ou à la délocalisation.

Dès lors beaucoup de gens travaillent à plein temps sans pouvoir gagner assez pour vivre correctement. Alors les gouvernements doivent les aider en utilisant des budgets normalement destinés au fonctionnement des services publics, qui du coup se dégradent de plus en plus. Et comme cela ne suffit pas, les États s'endettent à l'infini. Mais ce modèle n'est guère épanouissant pour les personnes :

Pour développer une bonne estime de soi dans l'existence, il est essentiel de pouvoir s'en sortir par soi-même et non de vivre d'allocations sociales. Pouvoir travailler et vivre décemment de son travail est un droit fondamental de l'être humain. Il est anormal et choquant que le niveau des salaires minima en Europe soit si bas.

Dans ce contexte, le revenu universel est comme l'argent de poche distribué à un gamin parce qu'il ne peut pas gagner sa vie. Une aumône infantilisante pour faire oublier l'injustice d'un salaire maintenu faible par la mondialisation.

Christos soupira.

Ce serait plus pertinent de renégocier les règles de l'Organisation Mondiale du Commerce pour supprimer la concurrence déloyale, et ensuite inciter les entreprises à augmenter les salaires.

Plutôt qu'un revenu *universel*, il vaudrait mieux accroître les aides des gens qui en ont vraiment besoin, comme les personnes souffrant d'un handicap, celles qui élèvent seules leurs enfants, celles qui vivent une situation difficile, ou encore les étudiants qui gagneraient à se concentrer sur leurs études plutôt que de devoir travailler pour les financer. Et puis investir tout le reste dans l'école et la formation : l'école rend les êtres humains autonomes ; l'assistanat les rend dépendants.

À moins que ce ne soit le but recherché.

20

J'actionnai à plusieurs reprises l'interrupteur de la pompe à chaleur réversible qui m'assurait le chauffage en hiver et la climatisation en été : rien. Panne de courant ? J'appuyai sur le bouton de ma lampe de chevet et la lumière s'alluma normalement. Bizarre. La pompe serait-elle déjà en panne ? Pas si vieille que ça, quand même…

Je m'installai devant mon ordinateur pour retrouver la facture avec le numéro du SAV.

Au même moment, un bip m'informa de la réception d'un nouvel e-mail. Je l'ouvris.

C'était la compagnie d'électricité qui m'informait d'une suspension de l'alimentation du circuit de chauffage. J'avais atteint mon quota réglementaire pour le mois en cours. Suivait un message moralisateur assez désagréable.

Je me laissai tomber en arrière dans mon fauteuil en soupirant.

J'aurais dû m'y attendre. Le quatrième axe de la

guerre contre la Mort visait ce que le gouvernement appelait une menace mortelle de long terme : le réchauffement de l'atmosphère qui déréglait le climat et provoquait d'ores et déjà des catastrophes naturelles.

Des mesures drastiques avaient été prises pour contrôler la consommation énergétique des ménages.

On était le 26 du mois, le circuit allait donc rester coupé pendant cinq jours. Heureusement que la météo de la semaine n'était pas trop défavorable...

Je comprenais ces mesures. N'empêche que c'était très désagréable de se sentir ainsi contrôlé chez soi, et pris en faute.

Le samedi d'avant, c'était ma voiture autonome qui avait refusé de démarrer : j'avais atteint mon quota de déplacements pour la semaine, et je n'avais plus le droit de partir en vadrouille le week-end. Comme il n'y avait rien d'intéressant à faire dans la banlieue-dortoir où j'habitais, j'étais resté deux jours à tourner en rond chez moi, feuilletant des magazines bourrés de pubs me donnant envie de partir en croisière, de voyager à l'autre bout du monde, de changer de voiture ou encore de renouveler ma garde-robe.

On sonna à la porte.

C'était l'installateur d'électroménager qui me livrait mon nouveau frigo. Le mien venait de lâcher alors qu'il n'avait même pas trois ans. L'obsolescence programmée ne faisait que s'accentuer, et les appareils duraient de moins en moins longtemps. À ce rythme-là, mon salaire entier serait bientôt englouti tous les mois par le renouvellement de toutes ces coûteuses cochonneries. Dire qu'autrefois un frigo pouvait durer vingt ans !

Cela m'avait fait mal au cœur de devoir jeter tout son contenu. Quel gâchis ! De l'agneau de Nouvelle-Zélande, du poulet du Brésil, du boulgour du Canada, du bœuf d'Argentine, des cerises du Chili, des framboises de Pologne, des kiwis de Nouvelle-Zélande…

Je réalisai subitement que la plupart venaient de l'autre bout du monde. Pas très écolo. Mais j'achetais ce que je trouvais, avec la contrainte de ce que mon salaire d'ingénieur débutant me permettait de m'offrir.

L'autre jour, j'avais eu un coup de blues en regardant le journal télé : après l'Espagne qui avait annoncé en mai 2021 vouloir pousser à ce que les gens renoncent à la propriété individuelle et optent pour des logements partagés rappelant tristement les *kommunalkas*, ces « appartements en commun » de l'Union soviétique, la Californie modifiait sa législation pour privilégier la construction d'immeubles à la place des maisons. Puis c'était au tour de la ministre française du Logement d'annoncer le 15 octobre 2021 qu'il fallait en finir avec les maisons individuelles, qui étaient selon elle un « non-sens écologique, économique et social ». La même tendance se dessinait partout.

M'acheter un jour ma propre maison était mon rêve depuis mon enfance, et je compris ce jour-là qu'il n'aurait peut-être jamais lieu.

J'appris dans la presse que certaines personnes ne supportaient plus d'être contrôlées par l'État : elles installaient des panneaux solaires sur le toit de leur maison, un chauffage au bois, puis résiliaient leurs contrats d'électricité et de gaz pour qu'on leur retire les compteurs communicants devenus des mouchards permanents. Ainsi elles se soustrayaient aux contrôles, et n'avaient plus de comptes à rendre.

Bon, à mon avis, ce n'était que provisoire : le gouvernement ne tarderait pas à réglementer aussi la vente de bois de chauffage, et l'énergie solaire ne suffirait sans doute pas à chauffer leur maison en plein hiver. Alors ils n'auraient plus qu'à partir dans un endroit reculé, au milieu de leur propre forêt, couper eux-mêmes le bois et vivre en autarcie…

Il n'empêche que cette initiative libertaire fit couler de l'encre dans la presse, à tel point que l'on envoya sur les plateaux de télé des ministres pour fustiger ces résistants. Puis, ce fut au tour du Président de s'adresser à la Nation :

— Chers concitoyens, vous formez un peuple intelligent, et en tant que personnes intelligentes, je sais que vous pouvez comprendre l'effet désastreux depuis un demi-siècle de certains de vos choix de vie sur la planète et le climat. Je sais que vous aurez la lucidité de suivre les mesures du gouvernement en faisant des efforts pour améliorer la situation. Ces mesures sont déjà approuvées par l'immense majorité d'entre vous.

Les médias répétèrent en boucle que la majorité des gens soutenait les dispositions en question.

Moi-même, qui n'appréciais pas trop ces contrôles de ma vie quotidienne, finis par me rallier à l'avis général. De toute façon, il fallait bien faire quelque chose pour le climat afin que cette planète reste habitable.

*

Inventaire d'outils de manipulation des masses (suite)

par Christos Anastopoulos

Conjuguer flatterie et culpabilité

– *Flatter les gens sur leur intelligence, puis leur faire croire qu'ils sont responsables de leurs problèmes et qu'il serait malvenu de ne pas mettre en œuvre la solution proposée.*

Effets :

– *La flatterie induit une posture d'accueil du message culpabilisant qui suit.*

– *Remplace l'indignation que le système pourrait susciter par une culpabilisation permanente de soi-même.*
– *Pousse à accepter la solution proposée.*
– *Complique très fortement la rébellion.*

Christos marchait dans la rue Ermou, la principale artère commerçante d'Athènes. Tout au long de la rue, les vitrines des grandes enseignes internationales étaient soigneusement travaillées pour susciter le désir.

La volonté actuelle de contrôle du peuple s'expliquait aussi par la nécessité de corriger les problèmes induits par un siècle d'influence incessante des multinationales sur les gens ; une influence qui avait façonné nos esprits et modifié en profondeur nos modes de vie afin de nous faire tendre essentiellement vers deux activités : travailler et consommer.

Et ces problèmes étaient tangibles : le diabète et les maladies cardio-vasculaires induits par la surconsommation de junk food à laquelle les firmes avaient poussé les gens ; la violence en bonne partie induite par les contenus malsains diffusés sur tous les types d'écrans dès le plus jeune âge ; la pollution générée par les va-et-vient délirants et inutiles de marchandises d'un bout à l'autre du globe, ou encore par l'obsolescence programmée d'une quantité phénoménale d'appareils en tous genres mis à la casse alors qu'ils auraient facilement pu être conçus pour durer dix fois plus longtemps.

Les multinationales étaient parfaitement conscientes des problèmes qu'elles avaient créés. Il suffit pour s'en convaincre de savoir par exemple que les dirigeants des grands réseaux sociaux américains interdisent à leurs enfants l'accès à leurs propres applications, comme cela a été révélé dans la presse américaine. Certains vont même jusqu'à leur interdire tout écran ; ils sont bien placés pour en connaître les effets désastreux...

Mais loin de culpabiliser du monstre qu'ils ont engendré, ces grands patrons veulent s'afficher comme les champions des solutions à y apporter. C'est la raison pour laquelle ils prennent de plus en plus position sur les questions de société, en présentant au monde un nouveau visage rassurant : on affiche des valeurs écologistes et humaines sur les plaquettes en papier glacé ; on noue des partenariats avec des ONG défendant de belles causes. Dans le même temps, ils exercent un lobbying agressif pour préserver tous leurs intérêts, et continuent de polluer sans vergogne tout en jouant de toute leur influence pour que le peuple soit soumis à des règles environnementales l'obligeant à renouveler tous ses équipements.

Il faut dire que des voitures électriques aux éoliennes en passant par tous les changements exigés dans les habitations, le marché de la pseudo-écologie représente un business monumental, une véritable poule aux œufs d'or.

Et pour des résultats rarement bons pour la nature…

Il suffit de regarder une éolienne pour s'en convaincre : pour chaque mât, il faut enfouir jusqu'à huit cents tonnes de béton dans la terre. Chaque éolienne est dotée d'un alternateur qui contient jusqu'à deux mille sept cents kilos de néodyme, un métal issu des terres rares dont l'extraction et le raffinage sont extrêmement polluants. Il a aussi été démontré que les éoliennes élèvent la température du sol sur lequel elles sont implantées, contribuant au réchauffement de la surface de la Terre. Elles tuent les chauves-souris en quantité, et font fuir les oiseaux de proie, ce qui bouleverse la chaîne alimentaire locale et modifie les écosystèmes, comme l'ont montré plusieurs études scientifiques.

Mais elles sont au cœur d'un système financier hyper-rentable qui profite à de grands fonds de pension américains, des assureurs et des pétroliers. Ce business est tellement lucratif qu'il donne lieu à une corruption du processus de décision, parfois accompagnée d'intimidation.

Christos soupira.

La planète retrouvera naturellement un équilibre le jour où les hommes auront trouvé le leur ; quand ils se seront libérés d'une influence néfaste qui leur gâche la vie en les trompant sur ce qui les rendra heureux, quand ils auront découvert qu'ils peuvent être bien plus épanouis en travaillant autrement, en consommant moins, et en se reliant plus à eux-mêmes, aux autres et à la nature.

Christos ne put s'empêcher de sourire en repensant à une anecdote récente. En 2020, les patrons de multinationales s'étaient émus du réchauffement climatique et Klaus Schwab, le président du Forum économique mondial qui les rassemble chaque année à Davos, déclara alors à propos de l'écologie : « Le monde est en état d'urgence. »

Cette année-là, le Forum s'est donc réuni sur le thème de la défense de l'environnement. Les participants s'y sont rendus… à bord d'environ mille trois cents jets privés.

Un peu plus tard, en juillet 2021, un projet de taxation du kérosène est venu sur la table de la Commission européenne à Bruxelles. La Commission a proposé d'en exonérer… les jets privés.

21

Guerre contre la Mort, acte V.

Afin de lutter contre la violence qui s'accentuait d'année en année au point de devenir une vraie préoccupation, le gouvernement annonça la mise en place sur tout le territoire de caméras à reconnaissance faciale, comme il en existait déjà en Chine, en Israël et dans bien d'autres pays. La France les avait déjà mises en place dans la ville de Nice.

Le système que l'on s'apprêtait à généraliser s'appuyait sur un logiciel expert permettant d'analyser les expressions du visage des gens pour détecter les émotions susceptibles de pousser à un acte criminel.

Il suffisait de lire les statistiques du ministère de l'Intérieur pour comprendre en effet que la plupart des meurtres étaient rarement le fait de tueurs en série ou de criminels professionnels, mais de simples citoyens qui perdaient leur self-control dans leur vie quotidienne : exaspérés par un voisin, un conjoint ou un automobiliste, ils passaient à l'acte sous le coup d'une émotion impulsive, encouragés par la violence à laquelle les films et autres jeux vidéo les avaient accoutumés.

L'idée était simple : quand le système détecterait un risque d'acte violent, il déclencherait une alerte et une équipe de policiers serait alors dépêchée sur place en un temps record pour intervenir avant que le sujet ne passe à l'acte. De nombreuses vies allaient être sauvées, sans compter les blessures et les traumatismes psychologiques.

J'étais tout à fait favorable à cette mesure : si ça nous permettait d'accroître la sécurité, on avait tous à y gagner.

Ce serait sans doute plus efficace que la suppression des espèces, initialement censée stopper les agressions crapuleuses, vols et trafics, mais qui s'était avérée infructueuse : les malfrats se faisaient maintenant payer en cryptomonnaies de type bitcoin.

Évidemment, certains dénoncèrent une volonté de flicage généralisé de la population et alertèrent sur les dérives potentielles d'un système qui permettrait à l'exécutif de savoir en permanence où nous nous trouvions.

Le ministre de l'Intérieur les taxa de complotisme et ce qualificatif fut repris dans tous les médias.

C'était assez drôle parce que très efficace. Je m'en rendis compte au bureau, à la machine à café : dès qu'on abordait le sujet et qu'un collègue émettait son désaccord, le qualifier, même avec humour, de complotiste suffisait à lui clouer le bec !

Quelque temps plus tard, le gouvernement prit une autre mesure qui, une fois de plus, enflamma la Toile : il s'agissait cette fois pour les pouvoirs publics d'avoir accès aux informations collectées par le capteur biométrique que nous étions désormais très nombreux à porter. Le ministère de la Santé constatait que les gens ne prenaient guère en compte les alertes du capteur quand leur organisme réagissait mal au sucre : ils continuaient d'en consommer comme si de rien n'était. Vu ce qu'avait coûté ce dispositif, ce n'était pas normal. Et compte tenu de l'état des finances de la Sécurité sociale, au bord de la faillite, il fallait bien agir. Alors désormais, les personnes ne tenant pas compte des alertes, tout comme celles continuant de refuser l'implantation du capteur, payeraient un supplément de cotisations sociales. À terme, on envisagerait peut-être leur radiation.

*

Inventaire d'outils de manipulation des masses (suite)
par Christos Anastopoulos

Étiqueter les résistants
Étiqueter les résistants en assimilant leurs réflexions à celles d'une mouvance honteuse. Exemple : complotisme.
Effets :
- *Décrédibilise le résistant aux yeux de la population.*
- *Induit en lui un sentiment de honte qui l'empêche de poursuivre son argumentation.*
- *Brouille l'écoute de la population en détournant son attention des arguments avancés.*
- *Évite de devoir répondre sur le fond aux objections soulevées.*
- *Empêche tout débat démocratique sur la question.*
- *Tue dans l'œuf tout début de contestation.*

Christos sourit en repensant à l'accusation de complotisme.

Il fallait être naïf pour ne pas chercher l'intention cachée derrière les décisions des puissants.

Quand on pensait au nombre de complots ayant été ourdis ces cent dernières années, il y avait clairement moins de complotistes que de comploteurs !

22

Quelques mois plus tard, le gouvernement envisagea de supprimer le revenu universel de ceux qui refusaient toujours les voitures autonomes et les capteurs biométriques. Puisqu'ils coûtaient cher à la société, ils ne méritaient pas l'argent de l'État.

— C'était donc ça, me dit Christos au téléphone.

— Quoi ?

— Le revenu universel était donc un outil de pouvoir, un outil de contrôle de la population : il permet de tenir les gens, de les forcer à se soumettre.

Bon, Christos allait peut-être un peu loin dans ses analyses. De toute façon, je n'arrivais toujours pas à comprendre pourquoi certains refusaient obstinément ce qui était clairement un progrès.

À propos de progrès, les concepteurs du capteur biométrique avaient trouvé une nouvelle application géniale à leur appareil : il pouvait détecter dans l'organisme du porteur le flux hormonal caractéristique d'une émotion négative violente, de celles qui peuvent conduire au meurtre. Cela permettrait de rapprocher cette mesure de l'analyse du logiciel expert qui équipait les caméras à reconnaissance faciale et étudiait les expressions du visage. La conjugaison des deux approches permettait d'obtenir une fiabilité absolue : il n'y avait dès lors plus aucun risque d'erreur.

Je trouvais ça juste incroyable. Il y avait une belle promesse à la clé : la fin de l'insécurité. La police pourrait neutraliser un meurtrier avant qu'il ne passe à l'acte. Nous allions tous pouvoir sortir la nuit sans crainte. Une vraie révolution.

Des médecins réfractaires émirent des doutes sur la fiabilité du dispositif. D'autres rappelèrent leurs craintes pour la santé de cet implant électronique dans le corps. Mais leurs arguments furent broyés par les médias.

Certains médecins furent radiés pour avoir soutenu des thèses dénuées de fondement scientifique. Un ancien Prix Nobel fut inquiété, on le traita de vieux sénile. Deux grands professeurs de médecine furent mis à la retraite d'office.

Du coup, tous les autres se turent. On n'arrivait même plus à savoir ce qu'ils pensaient.

Je me sentais un peu gêné par la brutalité avec laquelle on les avait traités. En même temps, un scientifique qui dit n'importe quoi n'est plus un scientifique. Comme quoi, on peut faire de hautes études et quand même virer complotiste.

Une fois de plus, des détracteurs s'emballèrent un peu partout sur le web, dénonçant dans leurs vidéos une utilisation abusive du capteur qui n'avait pas été implanté initialement pour cet usage. Et ils s'alarmaient encore de la perte de leur fameuse liberté, tout ça parce qu'on pourrait quasiment lire dans leurs pensées en pleine rue, disaient-ils. Leurs vidéos furent vite retirées, censurées par les réseaux sociaux et sites qui les hébergeaient.

Personnellement, je me fichais pas mal de leurs arguments : je n'avais rien à cacher.

*

Inventaire d'outils de manipulation des masses (suite)

par Christos Anastopoulos

Pratiquer la gradualité

- *Introduire graduellement les mesures que les gens n'accepteraient pas si elles étaient appliquées d'un bloc.*
- *Le faire étape par étape en respectant un délai suffisamment long entre chacune.*

Effet :

Quand le peuple s'est suffisamment habitué à la

première étape de la mesure, il la trouve naturelle, et l'on peut alors passer à la deuxième, et ainsi de suite.

Obscurcir les repères informationnels

– *Supprimer les informations qui pourraient créer un système de référence authentique, et permettraient la comparaison et l'expression du sens critique.*

Effet :

Ne disposant que du seul discours officiel, le peuple adhère facilement.

Christos leva les mains de son clavier et s'étira.

Que l'on fasse taire des scientifiques et que l'on supprime des vidéos publiées librement semblait n'inquiéter personne dans ce pays, tout ça parce que les propos tenus choquaient.

Christos se rappelait les paroles de Noam Chomsky, qui étaient restées gravées en lui : « La liberté d'expression n'a de sens que si elle s'applique aux opinions qui vous répugnent », disait-il. « Ou tu défends la liberté d'expression pour des opinions que tu détestes, ou tu ne la défends pas du tout. Même Hitler et Staline étaient ravis de défendre la liberté d'expression pour des idées qui leur convenaient. »

Christos se demandait aussi si les gens auraient encore le courage de manifester dans les rues sachant que le ministère de l'Intérieur était désormais capable d'identifier individuellement chaque manifestant grâce aux fameuses caméras…

Amnesty International avait estimé que « La possibilité de faire partie d'une foule anonyme est ce qui permet à de nombreuses personnes de participer à des manifestations pacifiques en se sentant en sécurité ».

Mais ce qui se profilait probablement à l'horizon était bien pire : une mise en place progressive, *graduelle*, d'un système de contrôle social à la chinoise.

En Chine, les caméras à reconnaissance faciale sont en permanence utilisées pour contrôler le moindre geste de la population : si vous traversez la rue en dehors des clous, vous êtes immédiatement identifié par le système qui affiche alors votre nom et votre visage sur un écran géant visible de tous, pour vous faire honte. *Name and shame.* Et vous perdez des points de crédit social. Le crédit social est un système qui attribue à chaque citoyen un capital de points. Vous perdez des points si vous oubliez de payer votre parcmètre, mangez un sandwich dans le métro ou dites un mensonge sur votre réseau social favori. Et lorsque votre capital de points est descendu trop bas, vous perdez des droits : par exemple, vous ne pouvez plus acheter un billet de train ou d'avion. Pire : vos amis sont prévenus de votre mauvaise note et sont incités à vous sermonner ou à ne plus vous fréquenter.

Le système s'appuie énormément sur la honte et la peur de l'exclusion du cercle amical.

Les pays européens sont mûrs pour un tel système : cela fait près de vingt ans que les réseaux sociaux d'outre-Atlantique imposent au reste du monde la culture américaine de la *popularité*. Parce que ces réseaux poussent les gens à récolter un maximum de *Like* pour chacune de leurs publications ou interventions, ils induisent fortement en eux le désir d'être *populaires*. Sauf que cet aspect n'était pas du tout à l'origine dans la culture européenne, surtout dans des pays comme l'Espagne ou la France, très attachés à l'authenticité : ce qui comptait avant tout, c'était d'être soi-même, pas de plaire.

Mais les jeunes d'aujourd'hui sont nés avec Facebook et TikTok et ont ainsi été conditionnés dès leur plus jeune âge à quérir l'approbation des autres. Ils sont mûrs pour le contrôle social : la simple peur du jugement des autres les poussera à suivre comme des moutons les injonctions du pouvoir en place.

23

Christos cligna des paupières puis ouvrit délicatement les yeux, affrontant la lumière. Le soleil avait réussi à se lever sans le tirer de son sommeil.

Son dos lui faisait un peu mal et il s'étira, ses mains effleurant le sable autour de lui. Dormir sur la plage n'est jamais très confortable, mais quel bonheur, néanmoins ! Quel intense sentiment de liberté !

Il avait retrouvé des amis la veille au soir. Ils avaient mangé, bu et dansé dans l'un des restaurants du front de mer, puis il avait eu envie de passer la nuit à la belle étoile. Il était resté longtemps allongé dans le sable sur le dos, yeux grands ouverts, à admirer la merveilleuse voûte céleste scintillante. Les étoiles sont tellement éloignées que la lumière de la plus proche d'entre elles met quatre ans et demi pour parvenir jusqu'à notre œil. Quand on admire le ciel, on célèbre le passé.

Christos se redressa sur ses coudes.

Au loin, derrière lui, un piano égrenait quelques notes d'un air nostalgique de Mános Hadjidákis.

Devant lui, un petit bateau de pêcheur rejoignait la rive avec à son bord le fruit de sa pêche matinale.

Christos sourit en se rappelant cette vieille histoire d'un pêcheur grec rencontrant un touriste américain à la terrasse d'un café de bord de mer. Ils se racontent un peu leur vie et le Grec explique à l'autre qu'il pêche le matin puis passe ses après-midi à se prélasser sur cette terrasse en sirotant tranquillement un verre d'ouzo.

L'Américain lui dit alors :

— Tu devrais plutôt retourner pêcher l'après-midi également.

Le Grec le toise, interloqué.

— Pour quoi faire ?

— Tu doublerais tes revenus !

Le pêcheur le contemple d'un œil indifférent.

— Ça m'apporterait quoi ?

— Eh bien, tu épargnerais quelque temps, et puis ensuite tu aurais de quoi acheter un deuxième bateau.

L'autre fronce les sourcils.

— Mais… Et alors ?

— Tu embaucherais un matelot et avec deux bateaux, tu doublerais ta recette. Au bout d'un moment, tu pourrais investir dans un troisième bateau, et ainsi de suite.

Le Grec secoue la tête d'un air d'incompréhension totale.

— Mais… ça m'apporterait quoi ?

L'Américain finit par s'énerver.

— Mais enfin ! Tu deviendrais riche, voyons ! Et alors tu serais libre de faire ce que tu veux ! La belle vie, quoi ! Tu pourrais te lever tranquillement le matin, aller pêcher un peu, puis revenir et passer l'après-midi à siroter un verre d'ouzo en terrasse !

Christos se leva et rejoignit le bord de l'eau, le sable massant la plante de ses pieds nus. Ça sentait bon l'air délicieusement iodé du large.

La veille, il avait envoyé son petit inventaire à Tom.

— Réveille-toi, mon ami ! prononça-t-il à voix haute. Avant qu'il ne soit trop tard !

Le doux clapotis des vaguelettes lui répondit.

Il envisageait aussi de publier ce document pour qu'il puisse être diffusé auprès du plus grand nombre possible de personnes. Il fallait que les gens connaissent les outils qui étaient utilisés pour les manipuler, afin qu'ils s'en prémunissent. Il fallait qu'ils comprennent dans quelle direction on les embarquait sournoisement. C'était vital.

Christos laissa son regard se perdre au large.

Cette histoire de guerre contre la Mort était une aberration.

Quand on fait la guerre à la mort, on fait la guerre à la vie, car la vie et la mort sont indissociables. Aucune ne peut exister sans l'autre.

Le risque est inhérent à la vie, et l'acceptation d'une part de risque dans son existence est ce qui nous permet d'en savourer la valeur, car on sait alors qu'elle est éphémère. Supprimer tout risque rendrait la vie insipide et ennuyeuse.

Autour du bateau de pêcheur, des mouettes virevoltaient en lançant des petits cris aigus.

Christos leur sourit, puis se mit à marcher le long de la plage, les pieds dans l'eau fraîche.

Il se remémora une anecdote vécue par Avicenne. Ce grand intellectuel du XIe siècle était à la fois philosophe et médecin, surnommé par ses disciples *cheikh el-raïs*, c'est-à-dire le prince des savants. Il avait rédigé plusieurs encyclopédies scientifiques et sa pensée avait influencé l'Occident jusqu'au XVIe siècle.

C'était par ailleurs un grand buveur. Il buvait tout le temps, sans jamais être saoul : son esprit restait clair. Un jour, quelqu'un lui dit :

— Mais enfin, Avicenne, vous êtes quand même médecin, vous êtes conscient que boire autant, ça va réduire la longueur de votre vie.

Avicenne le fixa quelques instants en souriant avant de répondre tranquillement :

— Moi, ce qui m'intéresse, ce n'est pas la longueur de la vie. C'est sa largeur.

24

Je n'avais pas dormi de la nuit.

J'avais lu la veille au soir le texte de Christos, et j'étais atterré.

J'avais maintenant l'impression de me réveiller avec la gueule de bois dans un autre monde, un monde que je n'avais pas vu s'installer, et qui me déplaisait fortement.

Envie de chocolat.

C'était un samedi matin, je ne travaillais pas, alors je pouvais me rendre en ville à la chocolaterie. Tant pis si mon capteur explosait les compteurs, alertait la Sécu et tout le tintouin. Rien à faire. J'avais au contraire la furieuse envie de faire ce que je voulais, à l'excès. Et faire sauter tous ces carcans que j'avais malgré moi acceptés et qui m'étouffaient à petit feu.

Sur le palier, je croisai ma voisine, celle que j'évitais depuis des mois. Du coup, je pris le temps d'échanger, de prendre de ses nouvelles.

— Tu ne verras pas Mme Blanchard aujourd'hui,

me dit-elle. Elle vient d'être appelée par l'hôpital : son fils est arrivé au bout du voyage, il n'en a plus pour longtemps. Elle est partie le rejoindre en hâte.

— Mon Dieu, c'est horrible…

J'avais toujours eu beaucoup de respect pour Mme Blanchard, et maintenant je m'en voulais de l'avoir jugée durement pour son refus de l'implantation du capteur.

Quelques minutes plus tard, j'entrai dans la chocolaterie et me glissai dans la petite file d'attente.

J'étais en train de détailler le contenu de la vitrine quand je reconnus la voix de ma gardienne. Je levai les yeux : elle était devant moi et passait commande auprès du vendeur.

— Je suis désolé, entendis-je le vendeur répliquer. Sans votre certificat, je ne peux pas vous délivrer de chocolat.

— Mais ce n'est pas pour moi, c'est pour mon fils ! Il est mineur, il n'est pas obligé d'avoir un certificat !

— Je suis désolé, c'est la loi, je ne peux rien faire.

À côté de moi, une femme secoua la tête en levant les yeux au ciel et je l'entendis murmurer à l'oreille de son mari : « Obèse comme elle est, elle ferait bien de se faire implanter un capteur. »

Le mari acquiesça d'un air entendu.

J'étais outré par ces propos.

— Écoutez, dit Mme Blanchard, il me faut absolument ces chocolats, c'est pour mon fils et… il les lui faut à tout prix aujourd'hui.

Je devinai qu'elle réprimait un sanglot avec une dignité admirable.

Je me sentais très mal à l'aise, hyper-gêné par la situation.

— Écoutez madame, je risque quarante-cinq mille euros d'amende et de la prison si je ne mets pas en œuvre les mesures sanitaires du gouvernement.

Sur ce, il fit un signe de tête à un de ses collègues, un grand baraqué, qui prit Mme Blanchard par le bras assez fermement pour la raccompagner à la porte.

— Allez madame, dit-il. Soyez raisonnable !

J'aperçus des larmes de désespoir couler sur ses joues.

— Attendez ! criai-je. C'est pour son fils, je peux témoigner ! Il est hospitalisé !

— J'applique la loi, monsieur.

Je fus tellement choqué que j'en restai sans voix.

— À votre tour, me dit une vendeuse en venant vers moi.

Je secouai la tête, trop choqué pour articuler quoi que ce fût, et quittai le magasin sans rien acheter.

Mme Blanchard s'était déjà éloignée, tête basse.

J'étais outré. Scandalisé.

Jamais, de ma vie entière, je n'avais été témoin d'une scène aussi injuste.

Cela me donnait envie de vomir.

Mais mon dégoût tourna vite à la colère, en pensant à l'enchaînement ces derniers mois des événements qui avaient engendré cette situation insoutenable.

Comment avait-on pu renoncer à notre liberté pour se soumettre à des mesures à ce point abusives ?

L'inventaire de Christos me revint à l'esprit, et ma colère se mua soudain en haine. Une haine violente contre ceux qui n'avaient cessé de mentir pour nous entraîner dans cette spirale infernale.

Je sentis le sang me monter au visage. Ma tension était à son paroxysme. J'étais dans un tel état de rage que j'aurais pu commettre un meurtre. Et en l'absence des coupables, ma haine ne faisait que se concentrer, se décupler, déchirante d'impuissance, m'oppressant d'une tension interne à la limite du supportable.

Je fermai alors les yeux, tentai en vain de me détendre, m'obligeai à respirer, et lorsque je les rouvris, mon regard fut happé par une caméra de surveillance juchée sur un réverbère. Son téléobjectif tournait sur lui-même dans ma direction ; il zoomait sur moi.

Le temps de réaliser ce qui se passait, j'eus le réflexe de me cacher le visage.

Non… pas ça…

Était-ce trop tard ?

La caméra avait-elle décodé ma pulsion meurtrière ?

J'entendis alors sur mon portable un léger bip transmis par mon capteur biométrique. Lui, en tout cas, l'avait décelée.

Je savais ce que ça signifiait, ce que ça allait déclencher, alors j'eus subitement envie de fuir, de me sauver, partir, aller n'importe où.

Ailleurs.

Je m'élançai dans la rue, la main en visière sur mon front pour cacher mon visage aux caméras postées un peu partout.

Je courus à toutes jambes en direction de chez moi. Au coin de la rue, je m'arrêtai net, essoufflé.

Je disposais de la nouvelle carte d'identité de l'Union européenne. Mon visage était donc fiché au ministère de l'Intérieur. La caméra m'avait déjà identifié. Forcément.

Alors je m'élançai vers le garage.

Fuir le plus vite et le plus loin possible, quitte à tout laisser derrière moi.

Abandonner cet enfer qui ne dit pas son nom.

J'arrivai à ma voiture, haletant et ruisselant de sueur. J'ouvris en hâte la portière et me précipitai au volant.

Je me stoppai net dans mon élan.

Le logiciel de pilotage de ma voiture autonome était centralisé. En moins de temps qu'il ne m'en fallait pour quitter la ville, la police aurait interrogé le serveur. Elle connaîtrait ma destination.

Je bondis hors du véhicule.

Je sortis du garage en courant, la main toujours en visière, ne sachant plus que faire.

Je courus droit devant, sans plan, sans idée. Au bout de quelques minutes, j'aperçus le portail du parc de la ville, un vaste espace de nature, le poumon vert de cette banlieue sans intérêt. Je m'y engouffrai et m'élançai dans une allée bordée de tilleuls, puis quittai l'allée pour pénétrer dans le bosquet qu'elle longeait, un bosquet livré à lui-même, avec des buissons et des arbres non taillés.

Les branches mortes craquèrent sous mes pieds. Ça sentait la végétation humide du sous-bois, et j'inspirai profondément sans ralentir ma course.

La nature.

La nature était rassurante, dénuée de l'attirail d'équipements technologiques que l'on croyait naïvement à notre service alors qu'ils étaient depuis longtemps devenus les complices de nos maîtres.

La nature exhalait… la liberté.

À cet instant, je pris conscience de sa valeur. La liberté est essentielle à l'être humain. Que vaut notre vie sans liberté ? Quelle saveur lui reste-t-il ? La liberté est le sel de la vie. Mieux, elle en est l'essence. Sans liberté, la vie n'a plus aucun sens.

J'avançai au milieu des arbres, sans but et sans espoir.

Je n'avais nulle part où aller. Partout, mon visage serait reconnu par les caméras. Et puis, pour survivre, il faut de l'argent. Les espèces n'existaient plus. Ma carte bancaire était un mouchard : on me suivait à la trace de chacun de mes payements… Et mon capteur biométrique était géolocalisé pour permettre l'intervention des secouristes…

Je n'étais plus un être humain. J'étais à vie codé, pucé, fiché, répertorié, défini par un numéro au ministère de l'Intérieur et une série de chiffres à la direction des Finances.

J'étais coincé, fait comme un rat.

Au sortir du bosquet, j'entendis un bruit de pas précipités sur ma droite.

Instinctivement, je me raidis.

Deux policiers surgirent de nulle part et braquèrent vers moi leurs armes.

Je ressentis une violente douleur qui saisit tout mon corps.

Je voulus réagir.

C'était trop tard.

Quelques mots pour finir…

J'ai longuement réfléchi avant d'écrire ce roman. Pourquoi ? Parce que j'ai depuis longtemps adopté le précepte de Lao-tseu, *Mieux vaut allumer une bougie que maudire les ténèbres*, et c'est ce à quoi je m'attelle depuis des années, dans chacun de mes livres. Dès lors, écrire une histoire qui dénonce quelque chose et braque le projecteur sur le mal ne me ressemble pas.

Mais je pense qu'on est parfois dans la vie confronté à des situations exceptionnelles qui méritent une action inhabituelle.

Par exemple, si une personne de votre entourage se retrouve sous l'emprise d'un pervers narcissique, il lui est quasiment impossible de savoir pourquoi elle perd progressivement confiance en elle et sombre dans la dépression. Dans cette situation, il pourra être utile de l'amener à prendre conscience que ce qui la fait souffrir ne vient pas d'elle, que le problème n'est pas en elle, mais qu'il est induit par des actions extérieures.

Il en est de même à un niveau collectif dans les situations où nous perdons notre libre arbitre parce que les dés sont pipés et que nous ne pouvons pas être conscients de ce qui est en train de se jouer.

J'ai donc choisi d'écrire ce livre car je crois que, dans le contexte qui est le nôtre, chacun est en droit de connaître les techniques de manipulation des masses auxquelles sont formés les puissants. Ainsi, chacun peut les reconnaître quand elles sont à l'œuvre, afin de les déjouer et ainsi pouvoir conserver sa liberté. Un droit essentiel du citoyen est en effet de pouvoir prendre ses propres décisions librement, et non sous l'influence déloyale de personnes qui usent délibérément de techniques inconnues du grand public.

Mon espoir est aussi que ce livre contribuera à réduire le clivage qui a été volontairement induit dans la population, parfois au sein même des familles. Ce qui nous divise nous rend malheureux. Nous ne méritons pas de souffrir en raison de points de vue différents, et notre unité familiale, amicale et, plus largement, humaine est essentielle à notre équilibre de vie. Il est grand temps de renouer avec ceux qui pensent autrement, et de s'aimer malgré les divergences, pour vivre pleinement ce qui nous relie.

On peut certes se sentir malgré tout faible et impuissant face aux grands pouvoirs entre les mains des multinationales et des élus qui leur sont complices. Mais le *Tao te king* de Lao-tseu, le texte fondateur du taoïsme, nous enseigne que :

« Il n'est rien au monde de plus inconsistant et de plus faible que l'eau ; cependant, elle corrode ce qui est dur et fort ; rien ne peut lui résister ni la remplacer. La faiblesse a raison de la force ; la souplesse, de la dureté. »

En l'occurrence, les multinationales sont certes parfois devenues de véritables empires plus puissants que des États, mais ces empires reposent sur des sables mouvants : leur puissance est en effet celle que vous et moi leur donnons par nos simples choix de consommation. Les énormes ressources financières qui leur donnent tant de pouvoir proviennent du cumul de nos petits achats de tous les jours, et des contrats signés par les élus que nous choisissons. Dans les deux cas, c'est donc bien nous qui détenons encore le véritable pouvoir.

Et puis, les empires ne portent-ils pas tous en eux la graine de l'effondrement ? De l'Empire romain à l'Empire ottoman en passant par l'Empire byzantin et l'Empire napoléonien, tous se sont écroulés. La concentration des pouvoirs et l'uniformisation qu'elle engendre sont contre nature ; or la nature a toujours raison…

Voilà pourquoi j'ai écrit ce roman, mes amis. Noam Chomsky affirmait que c'est la responsabilité des intellectuels de dire la vérité et de dévoiler les mensonges. Albert Camus, dans son fameux discours de Stockholm en 1957, évoquait quant à lui les « deux charges qui font la grandeur du métier d'écrivain : le service de la vérité et celui de la liberté ». Quelques jours plus tard, dans un autre discours, il ajoutait : « Créer aujourd'hui, c'est créer dangereusement. Toute publication est un acte et cet acte expose aux passions d'un siècle qui ne pardonne rien. » Soixante-cinq ans plus tard, ses propos sont d'une actualité saisissante, et c'est sans doute la raison pour laquelle les artistes ont fait preuve d'un silence assourdissant sur la situation vécue.

Je sais pour ma part le risque que je prends en écrivant ce livre…

Mais j'ai pensé que c'était mon devoir de le faire pour mettre en lumière les rouages et les mécanismes à l'œuvre dans ce que nous avons subi. Ce n'est certes pas ma démarche habituelle, et je vais dès mon prochain roman revenir à ce qui m'anime profondément : créer des histoires positives qui contribuent à allumer des petites bougies.

SOURCES

Sur la manipulation des masses

« Group and social collective manipulations », Xenia Negrea et Aurelia Dumitru, *The European Proceedings of Social and Behavioural Sciences*, 2016

Crystallizing Public Opinion, Edward Bernays, IG publishing, 2011

Propaganda : comment manipuler l'opinion en démocratie, Edward Bernays, Éd. Zones, 2007

Fabriquer un consentement : la gestion politique des médias de masse, Noam Chomsky, Éd. Investig'Action, 2019

Sur le contrôle de nos vies, Noam Chomsky, Éd. Allia, 2013

Comprendre le pouvoir, Noam Chomsky, Lux Éd., 2008

Communist Techniques of Coercive Interrogation, Air Force Personnel & Training Center, Lackland Air Force Base, San Antonio, Texas

L'Âge du capitalisme de surveillance : le combat pour

un avenir humain face aux nouvelles frontières du pouvoir, Shoshana Zuboff, Éd. Zulma, 2020

Sur le *trilemme de Rodrik*

The Globalization Paradox: Democracy and the Future of the World Economy, Dani Rodrik, Éd. W.W. Norton, 2011

« The Trilemma », Marina N. Bolotnikova, *Harvard Magazine*, July-August 2019 : un article très intéressant sur Rodrik et son œuvre, consultable en ligne : https://www.harvard-magazine.com/2019/07/rodrik-trilemma-trade-globalization

« China and the Golden Straitjacket of Globalization », Patrick F. Burauel, *L'Europe en formation*, n° 370, 2013 : une très pertinente illustration du *trilemme de Rodrik*, consultable en ligne : https://www.cairn.info/revue-l-europe-en-formation-2013-4-page-115.htm

Sur le lobbying à Bruxelles

« Petit guide de lobbying dans les arènes de l'Union européenne », Gary Dagorn et Stéphane Horel, *Le Monde*, 23 mai 2019

« Les multinationales définissent-elles les règles de la mondialisation ? », Christian Chavagneux, *Politique étrangère*, Institut français des relations internationales, 2010

« Nearly half the experts from the European Food Safety

Authority have financial conflicts of interest », Corporate Europe Observatory, 14 juin 2017 ; consultable en ligne : https://corporateeurope.org/en/pressreleases/2017/06/nearly-half-experts-european-food-safety-authority-have-financial-conflicts

« The Transparency Register: A European vanguard of strong lobby regulation? », Justin Greenwood et Joanna Dreger, *Interest Groups & Advocacy*, 2013 ; consultable en ligne : https://link.springer.com/article/10.1057/iga.2013.3

EU-Expertengruppen : Kommission lässt sich in Steuerfragen von Lux-Leaks-Tricksern beraten, Lobby Control, 20 novembre 2014 ; consultable en ligne : https://www.lobbycontrol.de/2014/11/eu-expertengruppen-kommission-laesst-sich-in-steuerfragen-von-lux-leaks-tricksern-beraten/

Sur la vision du président du Forum de Davos

Covid-19 : la grande réinitialisation, Klaus Schwab et Thierry Malleret, Forum Publishing, 2020

Sur la construction européenne

« Discussions américaines concernant l'Europe de l'après-guerre (1940-1944) », Veronika Heyde, *Les Cahiers Irice*, n° 1, 2008

« OSS, CIA and European unity: The American

Committee on United Europe, 1948-60 », Richard J. Aldrich, *Diplomacy and Statecraft*, vol. 8, nº 1, mars 1997

« Euro-federalists financed by US spy chief », de Ambrose Evans-Pritchard, *The Daily Telegraph*, 19 Sep 2000

Sur le fichage biométrique de la population mis en place par l'Union européenne

« Regulation (EU) 2019/1157 of the European Parliament and of the Council of 20 June 2019, on strengthening the security of identity cards of Union citizens and of residence documents issued to Union citizens and their family members exercising their right of free movement », *Official Journal of the European Union*, 12 juillet 2019.

« Identification biométrique et contrôle social, l'ère du fichage généralisé », de François Pellegrini et André Vitalis, *Le Monde diplomatique*, avril 2018.

Sur les dessous des éoliennes

Le Scandale éolien, Antoine Waechter, Éd. Baudelaire, 2019

Sur l'influence des jeux vidéo violents sur l'agressivité

« Effects of violent video games on aggressive behavior, aggressive cognition, aggressive affect, physiological arousal, and prosocial behavior: A meta-analytic review of the scientific literature », C.A. Anderson et B.J. Bushman, *Psychological Science*, September 2001

« Violent video games: Specific effects of violent content on aggressive thoughts and behavior », C.A. Anderson, N.L. Carnagey, M.E. Flanagan, A.J. Benjamin, J. Eubanks et J.C. Valentine, *Advances in Experimental Social Psychology*, December 2004

« The association between chronic exposure to video game violence and affective picture processing: An ERP study », K. Bailey, R. West et C.A. Anderson, *Cognitive Affective & Behavioral Neuroscience*, juin 2011

« Violent video games, delinquency, and youth violence: New evidence », M. DeLisi, M.G. Vaughn, D.A. Gentile, C.A. Anderson et J. Shook, *Youth Violence and Juvenile Justice*, October 2012

« Violent video games and hostile expectations: A test of the general aggression model », B.J. Bushman et C.A. Anderson, *Personality and Social Psychology Bulletin*, December 2002

« The role of theory in the study of media violence: The general aggression model », C.A. Anderson et N.L. Carnagey, *in* D.A. Gentile (ed.), *Media Violence and Children*, Praeger, 2014

« Mediators and moderators of long-term effects of

violent video games on aggressive behavior: Practice, thinking, and action », D.A. Gentile, D. Li, A. Khoo, S. Prot et C.A. Anderson, *JAMA Pediatrics*, May 2014

« The relation of violent video games to adolescent aggression: An examination of moderated mediation effect », R. Shao et Y. Wang, *Frontiers in Psychology*, 21 February 2019

Du même auteur :

L'homme qui voulait être heureux, Éditions Anne Carrière, 2008, et Pocket, 2010.

Les dieux voyagent toujours incognito, Éditions Anne Carrière, 2010, et Pocket, 2012.

Le philosophe qui n'était pas sage, coédition Kero/Plon, 2012, et Pocket, 2014. Nouvelle édition, Calmann-Lévy, 2022.

Le jour où j'ai appris à vivre, Éditions Kero, 2014, et Pocket, 2016.

Et tu trouveras le trésor qui dort en toi, Éditions Calmann-Lévy, 2016, et Le Livre de Poche, 2018.

Je te promets la liberté, Éditions Calmann-Lévy, 2018, et Le Livre de Poche, 2020.

L'art vous le rend bien (avec Camille Told), coédition Calmann-Lévy/Réunion des musées nationaux – Grand Palais, 2019.

Intuitio, Éditions Calmann-Lévy, 2021, et Le Livre de Poche, 2023.

Laurent Gounelle au Livre de Poche

Et tu trouveras le trésor qui dort en toi n° 34906

Alice, une jeune femme dynamique et audacieuse, retrouve son ami d'enfance, Jérémie. Devenu prêtre de campagne, il lui confie être accablé par le faible nombre de fidèles. Athée et conseillère en communication, Alice se met en tête de l'aider… à sa manière. Amenée par la force des choses à se plonger dans le monde de la spiritualité, du christianisme à l'hindouisme, du taoïsme au bouddhisme, elle va alors découvrir une vérité universelle. Une vérité concernant l'homme et la clé de son épanouissement, passée sous silence par les religieux, perdue au fil des siècles… Dans ce roman émouvant et captivant, Laurent Gounelle nous invite à découvrir ce qui permet à l'homme de s'élever dans une autre dimension, là où ses actes sont puissants et sa joie, un état durable.

Intuitio n° 36838

Timothy Fisher, jeune auteur de polars, mène une existence tranquille dans le Queens, à New York, avec son chat

Al Capone. Quand deux agents du FBI se présentent à sa porte pour lui demander de les aider à arrêter l'homme le plus recherché du pays, il croit d'abord à une plaisanterie. Mais, après un moment de rejet, il finit par accepter leur étrange proposition : rejoindre un programme secret visant à former des intuitifs, des personnes capables d'accéder à volonté à leurs intuitions. D'abord sceptique, Timothy découvre que le monde cache des possibilités insoupçonnées. Il se trouve embarqué dans une course contre la montre qui le conduit à apprivoiser ce pouvoir méconnu mais accessible à tous, un pouvoir qui nous montre la vie telle qu'elle est véritablement : extraordinaire.

Je te promets la liberté n° 35600

Imaginez : votre employeur vous laisse dix jours pour sauver votre poste et, le soir même, votre conjoint vous fait comprendre que votre couple n'en a plus pour longtemps. Dans les deux cas, on vous reproche votre personnalité, mais qu'y pouvez-vous ? Lorsqu'un ami vous parle d'un homme mystérieux, membre d'une confrérie détentrice d'un savoir ancestral, qui a le pouvoir d'installer en vous une toute nouvelle personnalité, la perspective est tentante… C'est ce qui arrive à Sybille Shirdoon, qui va s'embarquer sur un chemin extraordinaire vers la découverte de soi et des autres. Une histoire exaltante dans laquelle vous allez vous perdre… et vous retrouver.

LAURENT GOUNELLE

AU LIVRE DE POCHE

PAPIER CERTIFIÉ

Le Livre de Poche s'engage pour l'environnement en réduisant l'empreinte carbone de ses livres. Celle de cet exemplaire est de :
150 g éq. CO_2
Rendez-vous sur www.livredepoche-durable.fr

Composition réalisée par NORD COMPO

Achevé d'imprimer en août 2023 en France par
MAURY IMPRIMEUR – 45330 Malesherbes
Dépôt légal 1re publication : septembre 2023
N° d'impression : 272072
Librairie Générale Française
21, rue du Montparnasse – 75298 Paris Cedex 06

74/6893/9